古典詩歌研究彙刊

第八輯

龔鵬程 主編

第 16 冊

《清真集》文體風格暨詞彙風格之研究
——以構詞法為基本架構之詞彙研究（下）

楊 晉 綺 著

國家圖書館出版品預行編目資料

《清真集》文體風格暨詞彙風格之研究——以構詞法為基本架
構之詞彙研究（下）／楊晉綺 著 — 初版 — 台北縣永和市：
花木蘭文化出版社，2010〔民 99〕
目 2+186 面；17×24 公分
（古典詩歌研究彙刊 第八輯：第 16 冊）
ISBN 978-986-254-324-5（精裝）
1.（宋）周邦彥 2. 宋詞 3. 詞論
852.4516 99016402

ISBN - 978-986-2543-24-5

9 789862 543245

古典詩歌研究彙刊
第八輯 第十六冊 ISBN：978-986-254-324-5

《清真集》文體風格暨詞彙風格之研究
——以構詞法為基本架構之詞彙研究（下）

作 者 楊晉綺
主 編 龔鵬程
總 編 輯 杜潔祥
出 版 花木蘭文化出版社
發 行 所 花木蘭文化出版社
發 行 人 高小娟
聯 絡 地 址 台北縣永和市中正路五九五號七樓之三
電話：02-2923-1455／傳眞：02-2923-1452
網 址 http://www.huamulan.tw 信箱 sut81518@ms59.hinet.net
印 刷 普羅文化出版廣告事業
初 版 2010 年 9 月
定 價 第八輯 20 冊（精裝）新台幣 28,000 元

《清真集》文體風格暨詞彙風格之研究
——以構詞法為基本架構之詞彙研究（下）

楊晉綺 著

目次

第二章　由語音形式論《清眞集》之詞彙風格

　　作爲一個詞彙，它的語音可能是單音節、雙音節、三音節以至於更多音節；而詞彙的聲音所承載的，往往爲人類對些某些事物的概念，概念則反映事物之內容及特有的屬性。此章即自語音形式考察《清眞集》中的單音詞、雙音詞與多音詞的使用概況。在單音詞部分，由於單音詞所涵蓋的範圍甚廣，故本文以實語素、虛語素的分類方式爲基礎將單音詞區分開來，於此章中先概略性地討論《清眞集》中的實詞種類與出現概況，至於集中的虛詞以及已然虛化之實詞（如介詞），由於一則乃因其語法功能、意義內涵與周詞之繁複迂曲的表現手法密切相關；二則，虛詞的使用概況將在某種程度上影響詞作語體風格之呈現，此二者所觸及之論題較爲龐大，所費篇幅亦多，必須專章處理，故我們留置於第四章中再作討論。多音詞部分則依音節結構關係分爲重疊詞、雙聲詞與疊韻詞三個項目，依次進行討論。

第一節　《清眞集》中的單音詞、雙音詞與多音詞概況

一、單音詞、雙音詞與多音詞

　　詞之音節多寡乃受到構詞單位——語素——音節單特點之影響。由於語素在音節上有單音節化之傾向，因此對於詞的音節數量有一定程度的限制性與主宰性。

（一）單音詞與雙音詞

單音詞由一個單音節語素所構成，例如「天」、「地」、「風」、「雲」、「水」、「火」、「草」、「樹」、「牛」、「羊」、「五」、「一」、「起」、「坐」等，多數爲日常生活場域中最基本的現象、行爲、事物或數量，或是感歎詞「哎」、「呀」，或是虛詞「也」、「之」，或是象聲詞「噹」、「哈」，或是地名、國名之略稱如「湘」、「黔」、「中」、「美」等專有名詞。雙音詞則有兩種構成類型，一由兩個單音節語素所構成，例如「果樹」、「電視」、「贊美」；一由一個雙音節語素所構成，例如「玻璃」、「枇杷」、「蝴蝶」。

從古代漢語、近代漢語到現代漢語，詞彙乃是由單音詞佔優勢向雙音詞佔優勢發展，終而爲詞彙內部發展的規律之一。詩歌中，由《詩經》「其出東門，有女如雲，雖則如雲，匪我思存。」（〈國風・鄭風・出其東門〉）、《楚辭》「帝高陽之苗裔兮，朕皇考曰伯庸。」（〈離騷〉）至六朝詩「羈旅無儔匹，俯仰懷哀傷。小人計其功，君子道其常。」（阮籍〈詠懷〉八十二首其一）、唐詩「明月松間照，清泉石上流。」（王維〈山居秋暝〉）、宋詞「春花秋月何時了，往事知多少。」（李後主〈虞美人〉），雖然自《詩經》開始，單音詞即未曾佔有絕大優勢，但與雙音詞之間由多至寡的消長痕跡則明顯可見。

（二）多音詞

單音詞加上雙音詞占了全部詞的絕大多數，而三音節以上的多音詞，數量相對來說是較爲稀少的。漢語之現象如此，文學語言之現象亦連帶如此。

三音節詞，一部分是疊音的形容詞和一些名詞，例如「紅彤彤」、「飄飄然」、「微生物」；一部分是音譯的外來詞，例如「婆羅門」、「尼古丁」。四音節詞大概可分爲數類：一是個別的意譯詞與音譯名詞，例如「奏鳴曲式」、「蘇格拉底」；二是某些象聲詞和部分雙音形容詞的語法變體，例如「嘰哩呱啦」、「整整齊齊」，嚴格來說，雙音詞的

多音節語法變體並不能算多音節詞；三是成語，此佔了四音節中相當多的數量，此又稱為「固定語」；四是表示較為複雜概念、雙音詞容納不下其概念內涵的詞，例如「遺傳因子」、「試管嬰兒」；五是後兩個語素往往表示一個類概念，如分子、主義、觀點等，例如「活動分子」、「獨身主義」、「科學觀點」。

　　四音節以上的詞往往是一些科學術語、專有名詞。一般而言，漢語詞彙之音節，至四音節就達到長度的極限，因此四音節或四音節以上的詞有時會回縮到雙音節或單音節，例如「文學藝術」省縮為「文藝」；「奧林匹克運動會」省縮為「奧運會」。〔註1〕

　　由於詩歌的語言長度大抵以五、七言為主，並且主要目的在於抒情寫志，著重以形象語言重新組構經驗世界與情意世界，因此文學作品中少見分析性與概念性之語言符號，是而四音節以上的詞在詩歌中是極為少見的。由於詞的語言長度可長達八至十一字，所以儘管四音節的詞在詩歌文學中的出現頻律甚低，然而於詞作中亦偶能得見，多睥以象聲詞和部分雙音形容詞的語法變體為主，例如《清眞集》中之「朱朱白白」、「噦噦聲聲」、「兩兩三三」；《樂章集》中如「朝朝暮暮」。底下則分別羅列《清眞集》與《樂章集》中的詞例，並進行初步之分析與說明。

二、《清眞集》中的詞例與概況說明

（一）二詞集中的單音詞、雙音詞與多音詞詞例

　　由於單音詞與多音詞為作品中詞彙之語音形式，是以一詞若非單音、雙音詞即為多音詞。我們的材料範圍包括了柳、周二人所有詞作中之詞彙，若要作一番全面性的檢索與統計工作，不僅曠日費時，亦且對於風格之說明盼益不大，因此本節主要列出常見詞例，作一鳥

〔註1〕以上基本概念之論述主要參見田小琳、程祥徽，《現代漢語》第三章、
　　　　第三節〈詞的聲音〉以及劉叔新，《漢語描寫詞匯學》第五章〈詞和
　　　　固定語的形式〉。

瞰式疊映的觀察，至於更具體的統計工作，俟於各章之中依說明之需要再另行增入。

△《清眞集》與《樂章集》中單音詞、多音詞使用概況一覽表

	單音詞	雙音詞	多音詞
《清眞集》	黯、路、人、事、天、夜、晚、知、伴、去、低、凋、銷、卷、垂、動、舞、開、香、滴涼、送、望、直、深、舊、小、誰、伊、歎、嗟、喜、又、當、似、奈	宮黃、章臺、秋娘、欷歔、歌舞、東城、沙平、水冷、水亭、浮萍、薔薇、鸚鵡、芙蓉、徘徊、迢遞、瀟灑、蕭索、縹緲、蒹葭、參差、憔悴、船尾、遊魚、沙痕、黃帽、落日、滄舟	長長苦漸看看長長苦清炯炯路漫漫朱朱白白兩兩三三嚦嚦聲聲
《樂章集》	春、山、天、主、觀、比、面、想、舞、闊、浸、盡、滴、我、誰、按、遠、傍、過、靜、擁、搖、乘、怨、賞、歎、願、奈、還、又、當、縱	小詩、長簡、翠管、紅窗、玉箸、銀鉤、珠璣、煙花、弦管、歡笑、書信、腸斷、鸚鵡、迢遞、憔悴、潋灩、鴛鴦、朦朧、婆娑、溫潤、香檀、畫鼓、蓮步、風韻	酒醺醺風淅淅時時看頻頻看兩兩三三朝朝暮暮閻羅大伯

　　二人詞中的單音詞與雙音詞佔了全集詞彙之絕大多數，多音詞的數量則遠不如此二者，其中三音節的詞尚時能得見，四音節的詞則遠較三音節的詞來得少，不惟周詞中如此，柳詞亦呈現此種現象。單音詞與雙音詞雖爲詞集中最常見的語音形式，但二者出現之次數依然有多寡之別。雖則詞之句型有長短伸縮之特性，可短至三言，亦可長至十一言，看似句式的組構方式是較爲多樣繁複了，應能於句中容納更多的單音詞，然而，詞中的雙式句絕大部分皆以雙音節詞作爲組句之單位；除去雙式句，詞中可容納單音節詞的只剩單式句，但不論五言單式句亦或七言單式句，亦仍習慣以兩個以上的雙音節詞作爲表現意

象之主要的語音形式。例如「爭挽桐花兩鬢垂，小妝弄影照清池。」（周邦彦〈浣溪沙〉其一），因此整體而言，不論詩中或詞中，單音節詞所佔之百分比例要比雙音節詞來得低，而於詞中，此種現象更爲明顯。

（二）實詞之種類

柳、周二人集中的單音詞甚多，以虛、實來分，實詞出現的頻率較虛詞來得高些。虛詞如指稱詞、副詞、連詞或是嘆詞於二人詞集中均能得見，二人對於虛詞之運用及其所呈現出的不同風格特色，我們留置三章與四章中再作細部之討論，此處先對二人之於實詞的使用狀況略作一番整理與爬梳。

就單音節詞彙的意指概念而言，自然界與人類文明中等最基本的現象、行爲、事物等，二人詞集中均能時時得見。《清眞集》中如「路」、「人」、「事」、「天」、「夜」等；《樂章集》中如「春」、「山」、「天」、「主」、「岸」、「花」等，至於數量詞或地名、國名之略稱，則皆少以單音節詞彙之方式呈現，而喜與其他的實詞結合作雙音節複合詞之表現，例如「楚天」、「渭城」、「隋隄」、「一笑」、「半吐」、「三更」等。此是就名詞而言，這些名詞意象皆他類詩歌中所易於得見者。而這些單音節的名詞所表現的意象由於並不與其他的形容詞組合成詞，亦即不帶修飾語，因此就此詞彙本身而言，所表現者大抵爲物體之本身，而非特殊的物性，其物性或狀態往往有賴於更大的語言形式表現，例如「聲不斷」、「淚盡夢啼中」（周邦彦〈月中行〉）。

較諸名詞，單音節形容詞出現的頻率並不高。其於語法上通常作爲句末謂語之用，例如「柳陰直」（周邦彦〈蘭陵王〉）、「曉陰重」（周邦彦〈浪淘沙慢〉）、「海霞紅、山煙翠」（柳永〈早梅芳〉）。雖然單音節形容詞能夠表現物性，但其表現方式同於名詞，往往須要更大的語言形式予以容納。然而，雖然語言形式擴大，但由上述之詞例我們亦可得見：由兩個可以表現物體之性質與時空狀態的定詞與謂語指述主

詞，則主詞之特性愈發的鮮明與精確。

　　動詞為二人詞集中出現頻率最高之實詞。此種實詞常常成為詞中之「詞眼」，扮演著使詞句活潑生動之角色。例如「水面清圓，一一風荷舉」（周邦彥〈蘇幕遮〉），著一「舉」字遂令荷葉隨風擺動之姿態生動地呈現在讀者眼前；「隔窗寒雨，向壁孤燈、弄餘照。」（同上〈早梅芳近〉），著一「弄」字則將風透窗簾，吹動燭光燈影的景象具體地表現出來；而柳詞之「香鬣融春雪」（〈促拍滿路花〉）之「融」則將美人白皙芬芳、彈指可破的膚容極為形象而又簡潔地作了一番勾描。

（三）雙音詞

　　從構成類型以論，不論是由兩個單音節語素所構成，或由一個雙音節語素所構成的詞彙，二人詞集中均能得見。前者如「長隄」、「晚風」、「庭樹」，後者如「蝴蝶」、「鴛鴦」、「參差」、「迤邐」。

　　若結合著詞彙的隸屬性來看，雙音詞則可分為專有名詞與一般名詞。專有名詞如「宮黃」、「章臺」、「秋娘」等，在形式上已然固定下來，拆開即非原先之所指，它們或為物名、街巷名以及人名。這些專有名詞通常為歷史文化不斷地積累沈澱後之產物，多半以典故之性質存在於作品之中，其所蘊含的意義訊息與內涵，往往超乎名詞表面所具有之意義。而一般名詞則諸如「薔薇」、「鸚鵡」、「歌舞」、「東城」等，如前所言，就語音構成方式觀之，「薔薇」、「鸚鵡」是由雙音節語素所構成的詞，兩個音節表示一個意義，無法單獨使用，獨自存在時亦不具意義。這些雙音節詞多為大自然中的花草植物、蟲魚鳥獸或事物被形象化之後的存在狀態，如「迤邐」、「婆娑」、「迢遞」、「縹緲」；而「東城」、「歌舞」、「繡閣」等詞則由兩個單音節語素構成，二個語素之間能自由的分合，各具基本意義，其間亦多為文明的產物，但沒有特定的所指對象與固定的意義指涉與文化內涵，只表現一般的事物與物性。

（四）多音詞

　　二人詞集中的多音詞皆以三音節詞最爲常見，如《清眞集》中之「情性兒」、「慢騰騰」、「影沈沈」等，共有二十個，其中十九個爲重疊式之構詞，只「情性兒」爲加了後綴之派生詞。柳詞中三音節詞的數量較周詞高出甚多，全集共四十七個，但皆是重疊詞，不見添加語綴之派生詞。重疊詞之構詞風格我們留待至第三節中再加以討論。

　　四音節詞和四音節以上的詞於二人詞集中均不易得見，《清眞集》中尤其罕見。全集中只出現了「欲說又休」「朝鐘暮鼓」、「朱朱白白」、「不言不語」、「噦噦聲聲」、「兩兩三三」五個四音節的詞。其中「朱朱白白」、「噦噦聲聲」與「兩兩三三」是重疊式的詞，此留待第三節中再綜合其他音節的重疊詞一併作討論。

　　「不言不語」與「欲說又休」爲離合性的慣用語，〔註2〕其結構的定型性不如結構固定的慣用語以及成語來得高，可以拆開來，插入別的語詞，如改作「不言也不語」、「欲說還又休」。這些慣用語，由於來源有其特色，以及結構上可以穿插一些語法性的字詞，因此常帶有鮮明的口語色彩與形象色彩。如「不言不語」一詞頗爲生動地透過人物靜止的肢體動作襯寫主角眉間所隱藏的傷春之情（全句爲「不言不語，一段傷春，都在眉間。」〈訴衷情〉）由於動作是靜止的，人物傷怨的情緒亦彷彿層層疊疊地凝結於纖窄的眉間，沈重與纖細相映襯，則情緒之愈顯沈重，而人物愈顯纖弱，令人不免心生憐惜之意。

〔註 2〕程祥徽、田小琳在《現代漢語》中以慣用語的形式特點多爲「三字格」，且結構較爲鬆散，可以拆用，但意義是通過比喻和引申所概括出的新意義，有極強的口語色彩；成語的形式特點則爲四字格，結構較爲緊密，不能拆用，讀法、寫法均是固定的。而劉叔新於《漢語描寫詞匯學》中則以意義的單層性與雙層性區分慣用語與成語，並以爲由形式結構的緊密程度來看，慣用語可分爲「離合性慣用語」與結構成固定的慣用語。由於「欲說又休」、「不言不語」等詞並沒有深層的意涵，不同於「調虎離山」與「拋磚引玉」等較具另一層隱藏性意義的詞語有著明顯的區別，因此本文將些二者定爲「慣用語」而不認爲其爲「成語」。

再如「欲說又休」亦形象地表現了人物心中懷藏愁慮，但卻不欲說穿的吞吐之狀。這些慣用語極爲形象、生動，原初乃以口語的形式在民間酒肆之間流傳，周邦彥以之入詞，則是將口語以書面形式之方式表現，如此當能展現通俗曉暢之風格特色，但清眞詞中此種慣用語爲數實在太少，是而此類語詞在整體詞作中的風格表現並不突出，只能於單篇作品中偶爾呈現俚俗的風格色彩。

　　「朝鐘暮鼓」一詞，其他詩文或作「晨鐘暮鼓」，此詞始見唐・李咸〈山中詩〉，稍後杜甫〈遊龍門奉先寺〉與歐陽修〈廬山高〉詩俱能得見。〔註3〕由於此詞引自前人之典籍，有其深層意蘊，結構亦甚爲緊密固定，是爲成語亦爲典故，所以詞集中若大量地麇集了此類語詞，全文將呈現典雅的書面語語體色彩。雖然此種結構緊密而固定的成語，《清眞集》中僅只此例，但由於其他非成語之典故，風格特色與成語相同，因此就《清眞集》中大量使用典故，且廣用流通層面不廣之晦典的情況來看，整個詞集展現了甚爲濃厚的書面語色彩與典雅的語言風格特色。《清眞集》中的用典，我們於第四章中會有更進一步的分析與說明。

　　《樂章集》中的四音節詞與《清眞集》中的四音節詞數量相當，集中詞例爲「朝雲暮雨」、「匆匆草草」、「兩兩三三」、「朝朝暮暮」、「姿姿媚媚」、「閻羅大伯」、「傾城傾國」等，全集中共有九個（「朝雲暮雨」出現三次）。其中「匆匆草草」、「兩兩三三」、「朝朝暮暮」與「姿

〔註3〕李咸詩爲「朝鐘暮鼓不到耳，明月孤帆長挂情。」，杜甫詩爲「欲覺聞晨鐘，令人發深省。」；歐陽修詩爲「但見丹霞翠壁遠近映樓閣，晨鐘暮鼓杳靄羅幡幢」，周邦彥用此詞，只取表面鐘鼓之聲的意涵，並未取杜詩之令人警醒的深層意蘊（原句爲「淒涼懷故國，朝鐘暮鼓，十載紅塵。」〈鎖陽臺〉）。（參見向光忠、李行健、劉松筠主編，《中華成語大辭典》（吉林：吉林文史，1992），頁 194），但因此語實已具有表層意涵與內層意涵之雙重意蘊，而詞人於選用之際，要選用何種內涵以作爲作品意蘊之一部分，則是屬於表現手法之問題，並不影響此詞之屬性以及由此詞之屬性所呈現之語言風格特徵，所以本文仍視其爲「成語」而非慣用語。

姿媚媚」是重疊式的詞，後文將詳加細論，此處先暫行擱置。

　　「傾城傾國」與「朝雲暮雨」二詞皆爲成語。柳詞中成語的數量仍然極少，不論對單一的作品風格或整本的詞集風格皆不具備決定性的主導力量。與成語風格特色相近的典故，柳詞中亦多，因此其風格特色似應與周詞類似，皆能呈現典雅的風貌，但一來由於柳詞中所用之典大抵皆老嫗能曉之典，二來，其在語彙之運用上有其異於清眞之處，所以風格特色並不與周詞雷同，關用典之問題，稍後再論，此處所欲指明的是：二人運用詞彙之異處可自此四音節詞的援引、構作略窺其中一二。

　　以「朝雲暮雨」一詞爲例，此詞的結構並不固定，是爲「離合成語」。〔註4〕此詞最早見於宋玉〈高唐賦〉，原文作「旦爲朝雲，暮爲行雨」，〔註5〕「朝雲」已成詞，「暮雨」中間尚夾入了其他語素，不以詞之形態出現。雖然「朝雲」與「暮爲行雨」已有意義組合、加聯之關係，缺其一則語義不完整，加上此詞含藏了異於表面意涵的深層意蘊，因此已具備成語之性質，然而二者之結構卻極爲不穩定，尚未形成穩定的組織形態，其語素間甚大的離合程度不僅使此詞與成語之結構特色相差極遠，甚至已類近於可以自由構詞之自由詞組。由於出處之語詞結構性質已不穩定，所以柳詞中三次引用此詞時，二處雖已作「朝雲暮雨」，整體來看是加強了其間結構的緊密程度，但亦有作「不成雨暮與朝雲」者，形式的定形性依然是稍顯薄弱的。此種可自由穿插其他語素的用語方式，除了使得成語的結構呈現寬鬆的現象外，意象之間亦是較爲鬆散的，而非集中稠密的，再加上插入的語素若多爲沒有實義的語法詞，則口語、白話的通俗特色將不斷的加深、加重。柳詞之用成語除了有此現象外，亦有另一項特殊之處：以「朝」、「暮」作爲造詞的基本語素，《樂章集》中屢屢出現「暮宴朝歡」（出

〔註4〕此術語乃劉叔新所提出，參見《漢語描寫詞彙學》，頁138-142。
〔註5〕參見〔梁〕蕭統編、〔唐〕李善注，《文選》（上海：上海古籍，1996），冊二，頁876。

現兩次）、「朝思暮想」等詞例。此二詞結構甚爲穩定，〔註6〕義蘊相互連結而完整，已具備四音節詞之特色，但意涵上只具有表層意蘊而無更深一層的隱喻意涵，所以性質是爲「慣用語」而非「成語」，較諸成語，更容易出現於口頭交際的語言環境中，因此呈現較爲曉暢、俚俗之風格特色。

此外，柳詞中俚俗的風格特徵亦由是「閻羅大伯」此音譯外來詞的出現可以得見。音譯詞未必皆有俚俗的色彩，但「閻羅王」此詞普遍地存在於口語交際的語言環境之中，其於口語中的流行性遠較於詩文之書面形式來得高。只要一加以運用，此詞已能於書面語中呈現口語之語體色彩，而柳永不僅不作原詞運用，尚要以更爲通俗之稱謂──「大伯」替代「王」字，不僅口語色彩更加濃厚，亦且含帶有戲謔之語氣，如此一來便清楚地透顯了有別於典雅、莊重的風格趣味。由「離合成語」結構上或緊密或鬆豁的自由運用到造詞成分相類似之「慣用語」的出現，以至於引用音譯的外來語入詞，柳永詞中的四音節詞，其俚俗的風格色彩較《清眞集》鮮明得多。

第二節　《清眞集》重疊式之構詞與非重疊式雙聲、疊韻之構詞

一、重疊式的構詞

（一）重疊式之構詞與風格特色

重疊式的構詞不論在《清眞集》或《樂章集》中出現的頻率要較非重疊式的構詞來得高些。所謂重疊，趙元任於《中國話的文法》一書中曾對其形態特徵與概念內涵作過一番說明：

「重疊」雖然聽起來很像是一種方式，但 Bloomfied 認爲他

〔註6〕雖於理論上此二詞亦可以拆開，插入其他的虛實語素，成爲「離合性的慣用語」，但實際作品中卻未見柳永如此構作。

是附加語，不過沒有特定的字眼，而是跟所附加的語式全部相同或部分相同而已。〔註7〕

「聽起來很像是一種方式」，指的是將「重疊」視爲一種形態變化。〔註8〕「重疊」形式是爲一種形態變化或是一種附加語（語綴）是不同的分判標準，此二者的意涵界限，劉叔新於《漢語描寫詞匯學》中曾加以界定：

> 形態變化是詞的一種較明顯的語法變異。現代漢語的形態變化只有重疊的情形。重疊式與不重疊的原式，如果確實只有語法上的差異，就都是同一個詞的不同語法變體。（如「紅」與「紅紅」）……。但是，後頭的構詞成分取疊音形式的形容詞，卻不能視作語法變體。（如「紅彤彤」與「紅豔豔」）〔註9〕

雖然劉叔新已然清楚地區辨此二者之差異，但二者乃是不同的疊置現象，仍在重疊構詞的範圍之內，因此我們依然將此二者一併納入觀察之範圍。而申小龍在論「漢語的動詞與形容詞的重疊形態」時，則以爲由於修辭之需要而重複實詞之方式，「還不能說它是重疊形態」，所以將不具備語法意義的重疊形態捨去不論。〔註10〕由於本文之重點在於討論《清眞集》的語言風格，而修辭方式之於風格乃有一定程度之影響，因此本文將「重疊式」的討論範圍放寬，凡於形式上爲重疊構造型態的詞彙均列入探討的範圍。

至於以重疊方式構成的詞，其語法意義與風格特色，許多語言學論著皆曾觸及，如 Li&Thompson 著、黃宣範譯之《漢語語法》一書，

〔註 7〕參見趙元任著、丁邦新譯，《中國話的文法》，頁 109。
〔註 8〕呂叔湘之譯本即譯作「重疊可以看作一種變化，也可以看作一種語綴，……」，參見趙元任著、呂叔湘譯，《國語語法》（台北：學海，1991），頁 91。
〔註 9〕參見劉叔新著，《漢語描寫詞匯學》，頁 51。
〔註10〕參見申小龍〈試論漢語動詞和形容詞的重疊形態〉，收入申小龍著、袁曉圓主編，《中國語言的結構與人文精神》（北京：光明日報，1988），頁 66。

對此問題有較為概括性之論述：

> 重複（Reduplication）這一個構詞手段表示詞素經過重複而
> 構成新詞。這樣的新詞語通常在語意上或語法上都有別於
> 原來的詞素。……意志動詞可以重複以表示「暫時」貌；……
> 形容詞可以重複當作名詞的修飾語或作情狀副詞以作動詞
> 的修飾語。當形容詞重複作名詞修飾語時，其語意效果可
> 以使形容詞的原來意義愈加生動。〔註11〕

申小龍〈試論漢語動詞和形容詞的重疊形態〉一文則針對動詞
重疊與形容詞重疊的語法意義，作了集中而清楚的討論與分析，文
中云：

> （表示動詞的重疊形態）在語法意義上表示動作的「短暫」
> 和「輕微」。從動作的短暫，又可以產生「嘗試」的語法意
> 義，……從動作的輕微，又可以產生「委婉」的語氣。……
> ……動詞重疊主要表示「體」的語法意義，形容詞重疊主
> 要表示「級」的語法意義。〔註12〕

申小龍所謂的「體」的語法意義，包括了「暫微體」、「頻繁體」、
「暫微完成體」、「引起變化的持續體」與「反複體」；至於「級」的
種類則有「原級」、「較重級」、「強化級」與「較輕級」，各種「體」
與「級」皆有其相應之重疊形態。〔註13〕各種「體」與「級」的型態
標誌與內容，我們將於文後配合著《清眞集》與《樂章集》中的詞例
作進一步的分析與說明，此處所要說明的是：由各種「體」與「級」
的差異，我們不僅能得見各種重疊式之於語法意義上的分別，亦能得
知不同方式的重疊詞彙實能展現不同的情態與意蘊。

《清眞集》與《樂章集》中最為常見的重疊類型是形容詞與動詞
的重疊。此二類詞除了可以展現不同的情態風格外，在語體風格上，

〔註11〕參見李・湯普森著、黃宣範譯，《漢語語法》（Mandarin Chinese）（台
北：文鶴，1983），頁 27-31。
〔註12〕參見申小龍著、袁曉圓主編，《中國語言的結構與人文精神》，頁
66-74。
〔註13〕同上註，頁 73、74。

由於此二類詞極爲生動並且意旨明白易曉，所以常出現於口頭交際之場合，口語語體色彩頗爲濃厚，其中尤以形容詞的重疊表現最爲突出。趙元任於《中國話的文法》中稱之爲「生動重疊語」，〔註14〕湯廷池於〈國語語法的主要論題〉一文中亦指出：

> 一般説起來，雙音形容詞的重疊多見於「口語詞彙」，而少見於「文言」或「書面語」詞彙。而且，越是「常見常用」的詞彙越容易重疊，而越是「冷僻罕用」的詞彙越不容易重疊。〔註15〕

因此，我們亦可以反過來説：作品中形容詞重疊詞彙越多者，其口語之語體色彩將越趨濃厚，越是少見者，越能呈現典雅的書面語語體色彩。

（二）《清真集》中的重疊詞彙

在討論之前，我們先依重疊的形式、詞性與功能對《清眞集》與《樂章集》中之重疊詞彙予以分類。分類項目主要依據陸志韋《漢語的構詞法・重疊格》與呂叔湘《現代漢語八百詞》中〈形容詞生動形式表〉二文所列出之條項，並參考歐陽宜璋《碧巖集的語言風格研究・重疊式》一書中對二者之整理重新增刪、調整以成。〔註16〕

A. 兩個字重疊：xx

a. 數詞、量詞、時間副詞、地方副詞

《清眞集》：絲絲、一一2、年年2、時時2、處處2、兩兩、種種、日日2、人人2、點點、事事

《樂章集》：兩兩4、雙雙、三三、六六、顆顆、年年2、歲歲2、人人6、聲聲5、簇簇3、處處2、重重、夜夜

〔註14〕參見趙元任著、丁邦新譯，《中國話的文法》（台北：學生書局，1988），頁 113。

〔註15〕參見湯廷池著，《漢語詞法句法論集》，頁 187。

〔註16〕三文分見陸志韋，《漢語的構詞法》，頁 113-117；呂叔湘主編，《現代漢語八百詞》（香港：商務印書館，1983），頁 637-658；歐陽宜璋，《碧巖集的語言風格研究》，頁 155-158。

b. 指稱詞與人名稱謂

《清眞集》：缺

《樂章集》：嬭嬭、師師2、香香2、安安、冬冬

c. 語氣陳述及動作

《清眞集》：依依、拂拂、去去、看看3

《樂章集》：去去、驅驅5、閃閃4、看看2、念念、行行

d. 狀聲詞

《清眞集》：濺濺、颯颯、籔籔、蕭蕭、泠泠、啾啾

《樂章集》：蕭蕭3、切切2、軋軋、籔籔、呦呦、嬉嬉2、淅淅2、
瀟瀟3、颯颯、、刃刃

e. 形容詞或副詞

《清眞集》：悁悁、盈盈、纖纖2、冉冉4、漠漠2、惻惻、霏霏、
匆匆3、漸漸、沈沈4、青青2、萋萋、微微、亭亭2、
裊裊、淡淡、迢迢3、星星、淺淺、陰陰3、蠢蠢、
黯黯、綿綿、翳翳、澄澄、耿耿2、忡忡、脈脈2、
隱隱2、熒熒、悽悽、薄薄、晃晃、輕輕、悠悠、憪
憪、疏疏、醄醄

《樂章集》：翩翩3、盈盈15、溶溶、悄悄11、厭厭14、綿綿2、
遲遲2、巍巍、往往6、醺醺2、杳杳6、冉冉、匆匆5、
迢迢7、熙熙2、耿耿3、郁郁、沈沈4、泛泛、蟲蟲2、
淡淡、漸漸3、脈脈5、隱隱6、黯黯3、輕輕、茫茫4、
蔥蔥、凜凜、款款、可可、陶陶、忡忡、熒熒、故
故、紛紛2、苒苒3、深深2、區區、渺渺、的的、草
草、細細、夭夭、巴巴

B. 單音節語素後加兩個字重疊：Axx 或 xxA

a. 中心語素 A 是名詞

《清眞集》：路迢迢、路漫漫、情黯黯、夜沈沈、影沈沈

　　　《樂章集》：酒醺醺、風淅淅、風細細2、夜厭厭、馬遲遲、調
　　　　　　　　　累累、塵簌簌、人悄悄、夜沈沈、風淡淡、水茫茫2、
　　　　　　　　　煙漠漠、心耿耿、情脈脈、意忡忡、夜迢迢、深深
　　　　　　　　　約、深深願、盈盈者、輕輕語、深深處2、魂杳杳、
　　　　　　　　　信沈沈

b. 中心語素 A 是形容詞
　　　《清眞集》：寒惻惻、清炯炯、鬱滄滄、香馥馥、冷清清、長長
　　　　　　　　　苦、隱隱金、悶騰騰
　　　《樂章集》：冷蕭蕭

c. 中心語素 A 是副詞、動詞
　　　《清眞集》：漸看看、病懨懨、慢騰騰、微微度、匆匆別
　　　《樂章集》：思悠悠、時時看、頻頻看、醺醺醉、深深寵、去迢
　　　　　　　　　迢、思綿綿、時時待、雙雙戲、隱隱隔、有囂囂、
　　　　　　　　　忙忙走

d. 中心語素 A 是數詞、量詞
　　　《清眞集》：兩斑斑、一聲聲
　　　《樂章集》：一聲聲、重行行

e. A 是語綴、指稱詞或結構助詞
　　　《清眞集》：醒醒箇
　　　《樂章集》：那人人、有人人、厭厭地2、孜孜地

C. 四字並列又重疊：AABB

a. 數量詞重疊：
　　　《清眞集》：兩兩三三
　　　《樂章集》：兩兩三三

b. 名詞重疊：
　　　《清眞集》：噎噎聲聲
　　　《樂章集》：朝朝暮暮

    c. 形容詞重疊：

       《清眞集》：朱朱白白

       《樂章集》：姿姿媚媚

    e. 副詞重疊：

       《清眞集》：缺

       《樂章集》：匆匆草草

1、形容詞的重疊

就整體數量來說，《樂章集》重疊詞的數量爲《清眞集》重疊詞數量的二倍以上。以極能表現口語特色之雙音形容性的重疊詞彙而言，周邦彦引用了三十八個不同的詞，總數爲五十一，次數雖然高居《清眞集》其他重疊形式之冠，但一較之柳永引用了四十五個不同的詞，總計一百三十五個，則立顯單薄貧弱。而三音節詞中，柳詞使用之頻率亦高於周詞，中心語素不論爲名詞或動詞，其後之雙音節疊字亦多爲形容詞之重疊。就柳永屢用形容性重疊詞而展現的口語語體色彩來看，我們適能反面的得見周詞較具典雅之風格特色。以上是就數量而論，若就口語的性質而論，周詞中的重疊詞亦少見俚語，如「冉冉」、「青青」、「陰陰」皆是一般較爲文雅、其他書面形式中常能見到的重疊詞。反觀柳詞：「可可」爲「恰恰」之意，「的的」應同「得得」，作「特特」之意，「區區」爲辛苦之意，〔註17〕「巴巴」爲「特地」之意，〔註18〕亦有「癡呆」之貌，這些詞彙的性質，大抵皆流行通俗之口語，往往出現於對話交談之中，並非一般典雅文章所能習見者。〔註19〕而「巴巴」一詞，《正中形

〔註17〕參見張相著，《詩詞曲語辭匯釋》（台北：洪葉文化，1993），頁51、531、733。

〔註18〕參見高樹藩編纂，《正中形音義綜合大字典》（台北：正中書局，1993），頁0390。

〔註19〕張相對其所收詞彙之說明爲：詩詞曲語辭者，即約當唐宋金元明間，流行於詩詞曲之特殊語辭，自單字以至短語，其性質泰半通俗，非雅詁舊義所能賅；亦非八家派古文所習見也。（見該書〈序言〉）

音義大字典》所收之例一爲《拍案驚奇》二十三回中之對話，一爲
《紅樓夢》二十二回中之對話。

　　從語法意義來看，由於結構形態不同，形容性的重疊詞在意義上
可以有較重級、強化級與較輕級之不同（與原級作對照），〔註20〕各
種意義層級與其相應之型態的殊異大致爲：形容詞 AA、AABB 重疊
用在狀語和補語的位置上時有加重意義之作用（如「重重地」、「認認
眞眞地」），以及可以轉化成 BA 的 ABB 格式之詞，詞彙意義較原來
的單音形容詞 A 強化了（如「紅通通」、「甜蜜蜜」），因此亦爲「較
重級」；其他有不同色彩的 ABB 格式則爲「添色體」。AABB 的重疊
式中，由於「大大小小」與「花花綠綠」等一類詞不能拆成「大大的」、
「小小的」與「又大又小」等形態（切斷之後即非原意），而原詞顯
示了「紛繁」的語法意義，因此可稱爲「紛繁體」。可以轉化成「BA」
的「ABB」是 A 的較重級，那 BA、BBA、BABA（如「通紅」、「通
通紅」、「通紅通紅」）的形式，有加強形容詞的形容意味，但語法意
義又不如較重級來得強烈，因此可稱之爲「強化級」。另外，單音形
容詞的 AA 重疊式在作定語和謂語時，不同於作狀語與作補語時，其
顯示的語法意義是較「輕微」的，如「大大」、「圓圓」。

　　除了「級」與「體」之外，由於形容詞重疊之方式在「句子」中
所占的位置不同，因此出現了「式」的語法範疇。如「A 裏 AB」的
重疊式，由於插入了「裏」此詞嵌，因此傳達了一種嫌惡的感情，申
氏稱其爲「表憎式」。這些形容詞的標誌形態與語法意義，申小龍於
〈論漢語動和形容詞的重疊形態〉一文之結語處，將現代漢語形容詞
重疊法之八種形式與其所代表之語法意義，透過表格作了一番總結與
說明，我們可以援引此一表格並置入《清眞集》與《樂章集》中之詞
例，以視其間語法意義及風格之殊異。〔註21〕

〔註20〕此種等級觀念之提出與劃分方式乃申小龍所提出，參見申小龍，《中
　　　　國語言的結構與人文精神》，頁74-81。
〔註21〕基礎表格參見申小龍，《中國語言的結構與人文精神》，頁79。由於「A

重疊法加附加法	語法意義	《清真集》與《樂章集》詞例暨統計數字
AA、AABB（用於狀語、補語） ABB（限於 BA 能夠成立的）	較重級	《清眞集》 匆匆 3、沈沈、迢迢 3、懨懨 清炯炯、鬱蒼蒼 冷清清、寒惻惻 《樂章集》 翩翩 2、往往 6、匆匆 5、迢迢 7、的的、巴巴、區區、冉冉、淡淡、厭厭 2、漸漸 3、黯黯、輕輕、隱隱、款款、故故 姿姿媚媚（地） 孜孜地、厭厭地
BBA、BA（變體） BABA（變體）	強化級	《清眞集》 長長苦、隱隱金 《樂章集》 缺
AA、AABB（用於定語、謂語）	較輕級	《清眞集》 悁悁、盈盈、纖纖 2、冉冉 4、漠漠 2、惻惻、霏霏、沈沈 3、青青 2、萋萋、微微、亭亭 2、裊裊、淡淡、星星、淺淺、陰陰 3、蠢蠢、黯黯、綿綿、翳翳、澄澄、耿耿 2、忡忡、脈脈 2、隱隱 2、熒熒、悽悽、薄薄、晃晃、輕輕、悠悠、疏疏、醄醄、漸漸 《樂章集》 盈盈 15、溶溶、巍巍、悄悄 11、郁郁、遲遲、厭厭 12、綿綿 2、沈沈、泛泛 2、醺醺 2、杳杳 6、熙熙 2、耿耿 3、蔥蔥、茫茫 4、蟲蟲 2、凜凜、脈脈 5、隱隱 5、黯黯 2、茫茫 4、深深 2、陶陶、忡忡、熒熒、紛紛 2、苒苒 3、渺渺、草草、細細、夭夭、可可、翩翩、

裏 AB」一式的詞，《清眞集》與《樂章集》中均未得見，因此略去不論。

AABB（限於單音詞對舉重疊）	紛繁體	《清眞集》 朱朱白白 《樂章集》 缺
ABB	添色體	《清眞集》 香馥馥、悶騰騰 《樂章集》 冷蕭蕭

　　《樂章集》與《清眞集》中形容性的重疊詞彙，其語法意義主要皆表現在較重級與較輕級兩項上，至於其他的級次與體、式，二者則稍有差異：《樂章集》中只出現添色體的形容詞，其他種類的重疊形容詞未能得見；《清眞集》中卻各項皆能得見其一，雖然詞例不多，但此種多寡之現象亦能説明：周詞之形容性重疊詞彙雖然總數遠不及柳詞，但在形式樣態上卻呈現了較爲多樣的情態與面貌，柳詞則顯得單純而集中。

2、動詞的重疊

　　先就數量的多寡來看，二人動詞的重疊式詞例不及形容詞重疊式詞例多，主要以二音節重疊詞爲主，ABB 式的三音節重疊詞，《清眞集》中只有一例──「漸看看」，《樂章集》中則不見此類型的重疊詞。《清眞集》中的雙音節動詞重疊式較《樂章集》中的動詞重疊式來得少，比數爲 12／27，可見此種動詞重疊之用語，周邦彥並不特別偏好之。

　　一般來説，動詞的重疊可以表示可以表示動作行爲短暫或反覆之意，也有試試的意涵，〔註22〕但申小龍則認爲 AA 式的動詞重疊詞「反覆進行」的意義少，主要乃在表現動作的「短暫」和「輕微」，如「問問」、「勸勸」、「看看」。〔註23〕柳、周詞中表現此種語法意義之重疊

〔註22〕參見田小琳、程祥徽《現代漢語》，頁 181。
〔註23〕同註21，頁 67。

詞亦有，如「依依」、「拂拂」、「看看」、「閃閃」，但是「驅驅」、「去去」、「行行」、「念念」等重疊詞不顯「短暫」與「輕微」之語法意義，而較接近於「反覆進行」之意味，因此「反覆進行」的意義在柳、周所用的詞彙中是明顯存在的。〔註24〕其中，我們可以看到《清眞集》中的動詞重疊式多表示「短暫」、「輕微」之語法意義，例如「拂拂面紅新著酒」（〈漁家傲〉「灰暖香融銷永晝」）之「拂拂」爲風輕吹貌，「似有恨，依依愁悴」（〈花犯〉）之「依依」則是在一定時間內進行的動作，《清眞集》中作「反覆進行」的重疊詞只「去去」一例。反觀《樂章集》，則多數動詞皆呈現「反覆進行」的狀態，例如「匹馬驅驅，搖征轡、溪谷畔」（〈滿江紅〉「匹馬驅驅」），「驅驅」一詞之所指，則非短暫的時間內可以結束之行爲狀態，而有綿延已久之意；再如「遠道何時行徹。算得佳人凝恨切。應念念，歸時節。」（〈塞孤〉）一己遠遊之行未止，則遠方佳人的思念之情便永無停止之日，所以「念念」所呈現的語法意義不爲「短暫」、「輕微」，而是持續反覆的。詞集中只有「閃閃」、「看看」二詞表現了「短暫」的時貌現象，其餘詞彙皆呈現「反覆進行」之意義。二人之於動詞重疊式的構詞上所展現的語法意義，一者傾向表現「短暫」之義，一者較爲偏向表現「反覆」之意，二者之於人、物動作上的推演差異由此可見一斑。

3、名詞的重疊

不僅形容性的重疊詞彙可以高度表現口語的語體色彩，有些疊字名詞亦有通俗之特性，例如人倫之稱呼常以疊兩字之名詞表現，此類詞彙口語語體的特色亦甚爲顯著柳詞中常見這類的詞，例如指稱詞

〔註24〕「聞聞」、「勸勸」、「加加工」等 AA 式的重疊詞因顯「短暫」和「輕微」的意義，申氏稱爲「暫微體」，除了此體之外，申氏尚提出了另外的七種形式，以及五個體和一個式的語法意義，其分別爲「A 一 A（變體）──暫微體」、「AABB──頻繁體」、「A 了 A──暫微完成體」、「A 了一 A──暫微完成體」、「A 著 A 著──引起變化的持續體」、「A 來 A 去──反複體」、「A 不 A──提問式」，因柳、周二人詞集中皆未能得見此些形態，因此本文未加援引。

「嬭嬭」，人名如「師師」、「安安」、「冬冬」等，這些皆爲歌樓酒肆中之伶人，周詞中亦時能得見這些人物，但其表現方式則非以重疊字詞直呼該人之名諱，而是以歷史上名妓之名字，例如「秋娘」、「蕭娘」等代稱之。由於表現方式不同，柳詞於此方面展現了較爲俚俗的語言風格特色，而周詞之用語則呈現較爲雅正之風格特徵。再如其他名詞的重疊如「一一」、「兩兩」、「朝朝暮暮」、「重重」、「時時」、「點點」等，常表示「每一」或「一切」之意，有不斷加重語氣、程度之意。王力在《中國語法理論》中即表示：

> 這種重疊，也是一種誇張法。「人人」重疊，表示一個一個數到完的意思。「人人」雖等於「每一個人」或「一切的人們」，但它的力量藉詞的重疊而顯得更大。〔註25〕

這種重疊雖然有誇張的意味，但此種誇張，並不影響意涵上明曉易懂的特性，在表現方式上比起由比喻而來的誇張是更要直截了當的，並沒有深層的隱藏性意義，因此展現了明快而顯豁的語言風格特徵。周詞中此種詞彙並不少，但較諸柳永，則只稍過其總數之半（17／31），此種現象又透顯出二者之於語言風格上的歧異之處。

4、擬聲詞

擬聲詞即狀聲詞，《樂章集》中的擬聲詞亦較《清眞集》中的擬聲詞來得多，種類亦較多。周詞之擬聲詞彙皆爲大自然中的聲響，水聲如「濺濺」、「泠泠」；風吹枝葉之聲如「颯颯」、「籟籟」、「蕭蕭」；鳥鳴之聲如「啾啾」。柳詞中之擬聲詞除了大自然中的風聲「蕭蕭」、「瀟瀟」、「颯颯」、「籟籟」外，尚有蟲鳴聲「切切」、鹿鳴聲「呦呦」、雨聲「淅淅」，人文世界中的開門聲「軋軋」、人們的喧鬧聲「嬉嬉」、「喧喧」。這些詞極爲形象生動，純爲天籟之聲，爲人人經驗世界中皆能掌握到的聲響，所以頗能將事物的形貌狀態立即呈現出來，文字與讀者之間的障礙較少，因此在表現手法上是直截明快的，柳詞中多

〔註25〕參見王力著，《中國語法理論》（北京：中華書局，1955）下冊，頁156。

用此例，則展現了較爲活潑明朗的語言風格特徵。

二、非重疊式的構詞——《清眞集》與《樂章集》中的雙聲、疊韻詞

透過二詞集重疊詞出現概況之比較，我們得以藉由柳詞之廣用重疊詞以及好用俚俗的重疊詞，對照出周邦彥在字詞運用上所呈現出來的典雅性，而由於周詞中的重疊詞彙數量上較柳詞來得貧寡，因此，在整體詞風上，《清眞集》較《樂章集》更傾向於展現書面形式所具有之典正的語體風格。此是就重疊式的構詞而言，在非重疊式的構詞方面——雙聲詞與疊韻詞上，我們所能得見的，則非二人口語與書面語之語體表達色彩的不同，而是情蘊展現上的共通與歧異之處。

由於雙聲、疊韻詞具有音調上宛轉鏗鏘的特性，所以向來即是中國詩歌中常見的特殊詞彙，柳、周詞中此種詞彙之運用亦時能得見。雙聲與疊韻不僅只具優美的音響，由於聲音上各殊之特質，亦時能展現各別的情韻。自意義上來看，中國文字音義往往同源，聲載著義，義含於聲，因此音義之間的關係常具有某些類聚性，例如從「攸」聲之字詞多含有共同義素「長」與「長」多少有點類似的意思（如「修」爲毛之長，引申爲一般的長，「筱」爲竹之長）；再如有一些明母字則有黑暗之義蘊，如「暮」、「墓」、「霾」等字。〔註26〕此小節即自詞集中出現的頻率與概況略述其間情蘊特質之趨向。

（一）雙聲詞

二人詞作中的雙聲詞例皆有一種共同的傾向：某幾個特定的詞不斷地重複出現，其他的詞例則或出現兩、三次，或僅只一見。這種有所側重與僅是偶爾得見的兩極現象，我們可以經由下表的詞例與統計數字看出。

〔註26〕並見許威漢著，《訓詁學導論》（上海：上海教育，1987），頁 75；王力，《漢語史稿·第四章、詞彙的發展》，《王力文集》，第九卷，頁704。

△《清真集》與《樂章集》雙聲詞詞例表 [註27]

《清真集》	《樂章集》
參差6、憔悴7、岑寂3、欷歔、悽惻、閒尋、蹤跡、灑血、教見、曉色、新聞、清峭、舊家、牽起、西廂、尊俎、寂靜、荊江、瀟灑、相思2、迢遞8、顛倒、轆轤、流連、琳瓏4、淋浪、冷落、蓮露、零亂2、惆悵3、荏苒、深樹、深處、愁城、穿窗、持觴、豔冶、換回、風扉、冥濛	欷歔、憔悴13、參差4、蒹葭4、瀟湘2、鞦韆3、繾綣4、蹤跡3、翠減、淒緊、清秋3、蕭索3、淒切、逡巡、淒清、棲禽、牽情2、奸黠、瀟灑、輕棄、翠消、纖細、霞袖、曉色、金錢、清淺、消息、迢遞5、顛倒、牢落、玲瓏、琉璃2、冷落5、零落2、簾櫳、露臉、惆悵3、踟躕、眞珠2、是事、鴛鴦6、豔冶4、遊冶、綿蠻、滿目2、明滅、明媚3、分付、芳菲

〔案〕：未標明次數者，表示詞集中僅只出現一次。

　　以聲母的發音部位來看，二人詞集中半數以上的雙聲詞皆爲齒音，重複次數最高的詞彙亦屬齒音之詞例，其次方爲舌音，再其次爲牙喉音與脣音。柳、周二人之好用齒音雙聲詞與齒音之音聲特質以及表現出來的情韻特徵息息相關。齒音字多有細弱而內斂的音聲特質，因此部分音近「憔」、「悄」等齒音字多帶有悲傷的意味，[註28]例如「淒清」、「淒切」、「欷歔」、「悽惻」、「蕭索」。柳詞中此種表面字義即含帶悲傷色彩的詞彙較周詞來得多，例如「翠減」、「翠消」、「淒緊」、「清秋」、「輕棄」、「牽情」等；周詞中帶有悲傷意味的齒音字則較少，不含帶情緒色彩的中性詞彙較多，例如「閒尋」、「新聞」、「西廂」、「教見」、「曉色」、「尊俎」等詞。因此就字詞之運用而言，柳永偏好使用字義上能立即傳達情感狀態之詞彙，而周邦彥所使用的詞彙則予人較爲理性、冷靜之感受，因此就情意上的渲染力而言，柳詞較周詞來得

〔註27〕各字聲母之讀音，以《宋本廣韻》之反切爲據，又雙聲有「同紐雙聲」與「同位雙聲」，表中所舉之詞例，以「同紐雙聲」爲主。此外，此處只能儘可能的拈出二詞集中之詞例，疏略之處，自所難免。
〔註28〕此據黃永武之說法，參見氏著，《中國詩學——設計篇》，頁186、187。

直接而強烈。雖則如此，卻也不意味著周詞詞例中較爲中性的齒音詞無法以聲音特質傳情達意，其表現方式乃是較爲間接而隱微的——某些詞例之表面意蘊，不含帶悲傷的色彩，但周邦彥在實際運用時往往會以字聲的情韻特質應和上下文所呈露出來的寥落情意。例如「尊俎」意爲「酒菜」，就字義而言屬於中性，不帶有歡喜或憂愁的情態色彩，但二字同屬於齒音精紐，收斂尖細的音聲特色將上、下文所指陳之無法預料的人事變遷（「想東園桃李自春，小脣秀靨今在否？」）與人事已非、景物將殘的慨嘆「到歸時，定有殘英，待客攜尊俎。」（周詞〈鎖窗寒〉）作了一番聲情相應之表現。再如「閒尋」一詞，就字面來看不僅不帶悲傷之色彩，反而相悖反地帶有閒適、舒朗之意味。雖然詞彙本身之意蘊是中性的，但是只要結合上下文一併觀之，則此閒適之態度實內含了許多強爲克制之羈旅別離的情緒：上下文爲「閒尋舊蹤跡，又酒趁哀絃，燈照離席。」上片之「隋隄」、「柳條」與「誰識京華倦客」已點出客居之愁懣以及常年以往水邊隄岸離別情景的反覆映現，思鄉與離別之情早已瀰漫於字裏行間中，因此舊地重遊之姿態雖然是閒緩的（「閒尋舊蹤跡」），但內心已然蘊積了甚多的離愁別緒，早不再是清閒而平靜的。是以「閒尋舊蹤跡」一連串尖細的齒音字透過氣流先是阻塞，然後慢慢張開使氣流摩擦而出的發聲方式，恰好適切地傳達了一種愁懣積累已久，而後逐漸傾放釋出之感受。於此，我們自能得見周邦彥以齒音字描摹寥落情意之方式較柳永來得隱微而間接，此種間接的摹寫方式令周詞容易予人一種初讀之際不易立即生發情意上的共鳴，需得不斷含咀方能有津生舌際的閱讀感受。

其次，再看看舌音詞彙。「琉璃」、「流連」、「淋浪」、「牢落」皆屬於舌音來母，聲母爲「l-」，發音時，氣流從舌頭兩邊流出，容易予人一種冰冷、淒清之感 [註29] 柳、周即喜於以此種聲音特質凝塑清冽之事物形貌與冰涼的膚觸感受。例如「更漏將闌，轆轆牽金井」（周詞〈蝶

[註29] 此據李三榮之體會，參見〈秋聲賦的音韻成就〉一文，收於《聲韻論叢》第一輯，頁 380。

戀花・早行〉），「漏」、「闌」、「轆轤」皆爲來母字，此數字之字聲本已
傳遞了某種程度之冰涼感受，句子前後尚且不斷地承接尖細的齒音──
「將」、「牽」、「金井」，不僅描摹出早起之人開始了一天的工作，起落
抑揚的轉軸之聲劃破尚在酣睡中的大地之際同時也傳遞了月未沈、日未
起的黎明，清冷的空氣予人肌膚上的冷刺之感，羈旅離別的愁傷之情隱
隱地潛藏於景物、音響的摹繪之中。再如「牙板數敲珠一串，梁塵暗落
琉璃琖。」（柳詞〈鳳棲梧〉）「琉」爲「力逐切」，「璃」爲「呂支切」，
皆爲來母字，此徐徐送出氣流的發聲方式與清涼之聲質感受，不但輔以
「琉璃」一詞予音質上的剔透之感，亦能隱隱傳達歌女皓齒清歌、宛轉
流麗的嗓音特質。聲與情、聲與物象皆能有著適切的摹擬與強化效用。

　　舌音字中除了來母字外，亦時能得見定紐字，如二人使用頻率甚
高的「迢遞」一詞即屬舌音定紐字。「迢遞」一詞的意蘊，黃永武先
生曾作過如下之說明：

> 定紐字有不少是含有「稚小」的意味，迢遞又可以寫成迢
> 遰，如果要推尋「迢遞」在本詩中的意義（王維〈歸嵩山
> 作〉「迢遞嵩山下，歸來且閉關！」），迢遰才接近本字，遰
> 字特計切，也是舌音定紐字，是「遠望懸絕」的意思，遠
> 望懸絕就渺小，……〔註30〕

　　柳、周詞中的「迢遞」亦時時傳達了「遠望懸絕」與「渺小」之
意。如周詞之〈西平樂〉「歎事逐孤鴻去盡，身與塘蒲共晚，爭知向
此征途迢遞，佇立塵沙。」「孤鴻」與無垠之天空相互對顯已有渺小
之感，孤弱的身軀佇立於廣袤的沙塵之中則是再次圖繪了遼遠、細小
之景象，漫長的征途有綿延之感，無盡的時空對於自身衰老之快速亦
有亙久之於短暫的壓迫感，「迢遞」此舌音雙聲詞正能表現平生事業、
年命之如孤鴻般漸去漸遠漸小的圖景與悠然不絕的悵惘之情。再如柳
永〈戚氏〉一詞，自首句之「晚秋天，一霎微雨灑庭軒」起，先寫庭
院間之「檻菊」、「井梧」等近景，及至「淒然，望江關，飛雲黯淡夕

〔註30〕參見黃永武，《中國詩學──設計篇》，頁 188-189。

陽間」已將景物轉向遠處，遼遠之感漸次帶出，下承「遠道迢遞，行人淒楚，倦聽隴水潺湲」，以緩氣發聲之「迢遞」二字綿綿徐徐地摹擬出道路的蜿蜒伸展，人於此際遂成了遼闊時空中不斷擘遷移動卻又最爲短暫易逝之滄海一粟。

這些字聲的聲情特色不論透過直接或間接的表現方式皆能與所述之題旨相互貼合，可見二人對於字聲聲情之掌握甚爲敏銳精細。但二者同中亦有所別，除了在齒音字上有不同的運用方式外，二人在舌音與脣音字的選用上亦有些微之差距。舌音中的日母，有一部分的字表示柔弱、柔軟的概念，如「柔」、「弱」、「荏」、「軟」、「兒」、「孺」等字，〔註31〕柳詞中未見此種例子，周詞中則曾出現，但只「荏苒」一例。又脣音明母中的某些字例表示黑暗或與黑暗有關的概念，例如「暮」、「幕」、「墓」、「霾」、「滅」、「茂」等，〔註32〕周詞中「冥濛」一詞正表示了這種概念及義涵。柳詞中雖然出現了「滅」字，然而與「明」結合成「明滅」一詞已大爲削弱了「黑暗」之意蘊，而其他如「綿蠻」、「滿目」、「明媚」等詞皆不帶有「黑暗」之概念。因此，若要自此言二人雙聲詞情蘊意涵上的差別，則除了齒音字之情態表現上有直接與間接之別外，周詞於舌音日母與脣音明母上，比諸柳詞，亦有較爲陰柔之表現。

脣音字中，有些字有寬大外放之意味，例如「芳菲」。〔註33〕柳、周詞中明母之外的脣音字皆表現了寬泛宏大之意蘊，例如「分付」、「風扉」、「芳菲」。其中脣音與齒音亦時能相互結合而形成另一種聲響上的特殊感受，例如「無憀恨，相思意，盡分付征鴻」（柳永〈雪梅香〉），「分付」之寬遠的聲情特色烘托出遼闊懸遠的遠天之景，也益發地對映出登臨遠望之人牽延糾纏、縷縷不絕的相思之情。尖細之齒音字「相思」與寬放之脣音字「分付」相結合乃呈現

〔註31〕參見王力，《漢語史稿》，《王力文集》，第九卷，頁705、706。
〔註32〕同上註，頁704。
〔註33〕本黃永武之說法，參見氏著，《中國詩學——設計篇》，頁186。

了奇特的對比感受。

　　柳、周詞中尚有一些牙喉音之字。關於牙喉音之字的聲情特色，李三榮曾指出：

> 大抵牙喉音的字，因爲發音部位偏後，往往用以暗示強烈
> 的悲感，而喉音又較牙音爲甚。古人運用此聲情特性之作
> 不少，如杜甫詠懷古跡之三的頸聯的第一音節：……；又
> 如李白黃鶴樓送孟浩然之廣陵每句的第一音節：……；再
> 如張繼楓橋夜泊每句的第一音節：……，而本段（〈秋聲賦〉
> 第四段）最後一句：「亦何恨乎秋聲」，六個音節中，前面
> 四字連用喉音字：……。不只在利用濁擦音聲母描寫蕭瑟、
> 肅殺之秋聲，更在強調無法肯定自己在宇宙的時空位置的
> 悲愴感。〔註34〕

　　但柳、周詞中的牙喉字除了單音詞，如「以」、「欲」、「故」、「夜」、「月」之外，就雙音節的詞彙而言，除了周詞中「換回」一詞，其餘以牙喉音結合成詞的詞例皆傾向於表現明麗、喜樂或纏綿之情狀，皆未嘗以之暗示強烈的悲悽之感。如「豔冶」、「鴛鴦」、「遊冶」等皆以深喉之音寫聚遊歡樂、繾綣綢繆之狀，而不見哽咽傷痛的意蘊。此當非二人獨異於其他詞人之處，五代宋初之際，這些詞彙即已經常出現在詞作之中，成爲詞此一文學體式的基本詞彙，例如馮延巳之〈謁金門〉「閑引鴛鴦香徑裏」、歐陽修之〈蝶戀花〉「玉勒雕鞍遊冶處」。這些詞彙已成爲詞中常見者並廣爲詞人所用，此應與詞之題材本不出閨閣庭園、傷春怨別，而較詩文來得軟媚、綺豔有關。

　　就數量而言，柳永詞中的雙聲詞較周邦彥詞中的雙聲詞來得多一些，總數上的差距並不大，所使用的詞彙亦大致相同或類近；在發聲方式上，以齒音爲最多，其次是舌音，再其次爲脣音與牙喉音。二人之差異無法自總數與發聲方式之不同見其端倪，而須自詞彙字義上所呈現的情態色彩——或是較爲強烈或是傾向於中性，以及表情方式上

〔註34〕同註29，頁382-383。

的直接與間接得見，此尤以齒音字的表現最爲明顯。柳永所運用之詞彙，本身已蘊含較爲強烈的情意色彩，因此詞彙之意蘊與字聲之聲情特徵能夠立即結合並直接傳達悲傷或喜樂之情緒，感染力較強；周詞之詞彙意蘊較顯中性特質，因此字聲所蘊含的情意往往是隱藏性的，其所相互應和的情感，經常不是聲音所呈載的文字符號本身，而是更大的語言片斷。職以此故，我們乃可得知：周詞之所以時時給予讀者乍見冷凝，反覆誦讀之後方覺情意深厚之感受，當與此種間接的表現手法密切相關。

（二）疊韻詞

雙聲詞在音調的宛轉鏗鏘上自有其美聽效果，而在情意上，這些詞彙若運用得當亦能發揮「聲情相切」的輔成效果，疊韻詞之理亦同於此。在解析《清眞集》與《樂章集》中由疊韻詞所展現的音韻特質之前，我們依然先將二人詞集中的疊韻詞詞例與出現次數列表如下：

△《清真集》與《樂章集》疊韻詞詞例表

詞集 韻部及韻目	《清真集》	《樂章集》
一部東董韻	蒙籠、朦朧3、瓏瑽	朦朧2
三部支紙韻	徘徊6	徘徊3
四部魚語韻	甌䤡、無語	（無）
六部眞軫韻	（無）	逡巡
七部元阮韻	闌干3、琅玕2、嬋娟2、宛轉4	宛轉3、闌干3、潺湲2、嬋娟2、輾轉6、遷延、闌珊5、爛漫2、翩翩、紺幰、檀板
八部蕭篠韻	縹緲4、繚繞、遼邈	妖嬈2、蕭條、繚繞
九部歌哿韻	婆娑	婆娑3
十部麻馬韻	婭奼	（無）
十一部庚梗韻	娉婷2	酩酊2、丁寧
十二部尤有韻	（無）	綢繆、颼飀
十四部覃感韻	菡萏、廉纖	瀲灩4

　　二人所用的疊韻詞皆以能表現寬平揚長之聲情特質的陽聲韻爲主，其中尤以「元阮韻」爲最多；陰聲韻中則以「蕭篠韻」出現的頻率最高。依謝雲飛之體會，凡屬「蕭篠韻」之字多有「輕佻妖嬈」之態，〔註35〕因此整體來看，二人詞中的疊韻詞呈現了較爲舒輕寬朗的聲情特質，相對而言，低沈抑鬱的情韻色彩則較爲淡薄。由於柳永詞中「元阮韻」的詞例較周邦彥詞中的詞例多出了一倍以上，是以此種聲情特色更爲鮮明而突出。

　　細部來看，二人頗能運用疊韻詞之聲情特徵以摹形、寫狀、擬聲或是表達事義。例如周邦彥〈六醜·薔薇謝後作〉下片：

　　　東園岑寂，漸蒙籠暗碧，靜繞珍叢底，成歎息。長條故惹
　　　行客，似牽衣待話，別情無極。殘英小、強簪巾幘，終不
　　　似一朵釵頭顫裊，向人敧側。……

　　「蒙籠」二字都在東韻，韻母是〔-uŋ -uŋ〕，主要元音偏高偏後，收音爲開口的〔ŋ〕韻尾，容易予人一種寬闊迷濛之感，劉師培即認爲東類之字多有「眾大高闊」或「高明美大」的意義。〔註36〕周邦彥以「蒙籠」描摹草木繁茂、一派濃綠之景，以聲摹象，刻繪了大範圍的園林之景。此後數句再將焦點逐漸匯聚，最終乃縮小於夏濃春暮之時，眾花謝盡唯其獨存的薔薇花上。以濃綠的園林大景烘托雖然存留而亦不免凋零殘落的小小薔薇，不僅襯寫出殘留之花的可愛與可珍惜處，亦且進一步地深化了詞人傷春、惜春之情。此種嘆逝之情，周邦彥於過片處即以細弱而內斂的齒音字「岑寂」摹擬之，則慨嘆之情哽阻於喉舌之間，幽咽、抑鬱而難抒。經由此番字聲與字義的描繪與交互運用，這段文字遂呈現了前後呼應、耐人尋味的纏綿意韻。

　　又如〈蝶戀花·早行〉下片：

　　　執手霜風吹鬢影，去意徘徊，別語愁難聽。樓上闌干橫斗

<hr>

〔註35〕參見謝雲飛著，《文學與音律》，頁 62；或見本文上篇第一章對於韻類特質之整理結果。
〔註36〕引自黃永武，《中國詩學——設計篇》，頁 158。

柄，露寒人遠難相應。

「徘徊」兩字是疊韻，屬三部「支紙韻」，韻母是〔-uAi -uAi〕，主要元音低，響度大，收音爲開口的展脣音〔i〕，音聲綿長不絕，容易予人一種陰鬱纏繞的感覺，謝雲飛即認爲凡「支紙韻」之字多半呈現「氣餒抑鬱」的聲情風格，而曾永義則以此韻之字多具有「幽微」之情意。〔註37〕此詞往復牽綿的音聲特色具象地摹擬了離別之人徬徨不捨，難以揮袂離去的情狀。在近距離地摹繪了二人離別之際雙手互執、風掠髮鬢的動作與身影之後，視鏡一換，轉向了廣遠將曉之天色。其中，「闌干」二字亦是疊韻，屬七部的「元阮韻」，韻母是〔-an -an〕，主要元音的舌位亦低，響度大，收〔n〕韻尾，讀來有空曠清亮的音感，正適以比擬黎明之時，天色迷濛、星子隱隱橫斜的初曉景象；而此結句之前所著力刻劃的繾綣之情、離別之苦因此一宕開之筆遂涵融、寄寓於遠天露寒之中，興發了一種言已盡、情未絕的餘韻。不論寫景或描摹人物的動作，周邦彥皆能適當地運用疊韻詞以達到聲象乎意的效用。

柳詞中之疊韻詞亦能貼切地表達事義與模擬物象。如〈拋球樂〉下片：

> 向名園深處，爭柅畫輪，競羈寶馬。取次羅列杯盤，就芳
> 樹、綠陰紅影下。舞婆娑，歌宛轉，彷彿鶯嬌燕姹。

此三個樂段先以一「向」字領起，在點明宴遊之處後即接以兩個對句摹繪人物一連串的動作。以「爭」與「競」兩個副詞刻畫動詞「柅」與「羈」，可知人物的動作快速且急迫，而非悠閒從容，此「爭柅」與「競羈」兩詞亦形象地圖繪了遊人如織之盛況；下句以「取次」一詞帶出人物的下一個動作，動作的性質一變，由快速轉趨緩慢，「就」一字所呈顯的動態之感亦是較爲舒徐而悠緩的；「婆娑」與「宛轉」兩個疊韻的形容詞即能順承此種轉變而沿續了輕歌曼舞、舒緩悠遊的宴冶之樂。「婆娑」二字屬九部「歌哿」韻，韻母爲〔-a -ua〕，主要

〔註37〕同註35，又見本文上篇第一章所歸納之詞韻聲情表。

元音低，響度大，尤其此二字的聲調不爲陰聲調即爲陽聲調，平聲字綿延揚長的音聲特質甚能將「a」聲遠遠地傳送出去，因此在韻母重疊、又且皆爲平聲聲調的兩相搭配下，此詞彙回環蕩漾的音聲美正具象地襯寫了舞者迴旋曼美的舞姿。「宛轉」二字則屬七部「元阮」韻，韻母爲〔-uan -uan〕，主要元音亦低，響度大，但因屬於合口韻，是以音聲較爲收藏而內歛，予人繚繞環續之感受，又其收音爲陽聲韻〔n〕，故於繚繞感中又添清亮的音感，正適以摹繪細膩清美的歌聲，由此我們亦可得知此番宴遊的性質是旖旎溫軟，而非暢快豪邁的。

又如〈合歡帶〉下片一過片處：

　　桃花零落，溪水潺湲，重尋仙徑非遙。

柳永綜合地運用了雙聲詞與疊韻詞以描寫物象。「潺湲」屬於七部「元阮」韻，韻母是〔-an -an〕，予人一種清遠流盪之感，正足以聲擬溪水的流動之態；「零落」一詞是雙聲，二語素的聲母皆爲〔l-〕，發聲時，氣流先是受阻，之後再自舌頭兩邊緩緩流出，正適以象擬葉片受風推阻而緩慢飄落之狀，無論是摹形或是擬聲，聲與義均頗爲諧合。

不論是《清眞集》或是《樂章集》中的雙聲詞與疊韻詞皆能有聲情相應之表現。由其中甚爲細緻的構思與安排來看，柳永與周邦彥敏銳的音感與精湛的音樂素養不僅表現在創調度律以及四聲平仄之講求上，亦表現在運用文字的音韻型式以造成節奏的抑揚頓挫上，此復使二人詞作中的音聲之美益加彰顯而突出，此爲二人相同之處。二人異處則在於周邦彥對於音聲的掌握方式不如柳永來得一貫而直接。柳永所援用之詞彙，表面意蘊與字聲的情韻特質多能兩相結合，而周邦彥所引用之詞彙則不限於此種能表現物態的形容詞，亦有情態色彩呈現中性的名詞，例如「西廂」、「尊俎」等，此則致令詞彙之字聲特色隱而不彰。然而周邦彥卻能相應著更大的語言片斷所呈露出的情意特色，適時地置入字聲情蘊相和的雙聲字以作爲呼應之用，如此一來，周詞在構作手法上則呈現了繁複多變之特色，亦使其詞作中的情韻意涵有較爲冷凝、曲折之表現。

第三章　《清眞集》語素的性質與組合方式

　　本章將分別自派生詞、複合詞的角度，檢索《清眞集》中的詞例及指出其所呈現之語言風格。複合詞又分爲聯合式、偏正式、補充式、動賓式、主謂式五種，此五種結合方式將於第二節中加以討論。

第一節　《清眞集》中的派生詞

一、派生詞與派生詞所昭示的風格特徵

　　派生詞由附加的方式組合成詞，既名之爲「附加」，則見詞彙之組成有主從的區別。結構上的主從乃是先有詞根再有附加成分；字義上的主從則以詞根之義爲詞彙的主要意義，附加上去的成分若非已無實義、只純粹具有語法意義，作爲名詞詞性的一種標誌外，則僅僅是輔助性地增添一些情感性的意義（如「兒」有時有愛稱之意），或是價值上的褒貶之義（如「子」有時可以賦加貶義）。〔註1〕自結構而言，程祥徽於《現代漢語》中對附加式的構詞法有一甚爲清晰的定義：

> 在一個自由語素或半自由語素前面或後面加上一個「附加成分」，就形成附加式構詞。這個「附加成分」的位置，或一定在前，或一定在後，所以它是個不自由語素。〔註2〕

〔註1〕詞綴所附加的情感性意義及價值性意義參見程祥徽、田小琳，《現代漢語》，頁180。

〔註2〕同上註。

　　至於劉叔新在《漢語描寫詞匯學》中對於「派生」之定義，則扼要地點出了附加成分的虛化性質：

　　　　所謂「派生」，指的是以一個原有的單詞或複合詞爲基礎，
　　　　加上另一個兼帶語法意義的語素，使產生某種語法性質的
　　　　表現（如詞性）……。〔註3〕

　　一般常見的前綴如「阿哥」、「老么」、「第一」，後綴如「拍子」、「花兒」。

　　根據孫錫信《漢語歷史語法要略》一書所言，眞正的詞頭、詞尾如「阿」、「老」、「子」、「兒」等，是漢代以後才開始產生的，而於南北朝時期已被普遍地運用，不論是樂府詩集、民謠、變文或是《世說新語》、《南史》、《隋書》中皆可得見。至於唐、五代之後，這些漢代發展出來的附加成分，逐漸擴大使用範圍，或由表示具體事物到指稱抽象概念；或由用於指人到用於指動物、植物以至於一般事物，而成爲唐宋時期新孳生的語法成分；〔註4〕若就使用頻率而言，宋代的使用次數更多、更爲頻繁。例如《張協狀元》此戲文中帶「兒」字的詞彙即有：

　　　　老乞兒、女孩兒、小孩兒、丫頭兒、娘兒、兩口兒、一對
　　　　兒、心兒、眉兒、眼兒、嬌臉兒、手兒、腳兒、口兒、花
　　　　兒、葫蘆兒、蛇兒、貓兒、戲蜂兒、粉蝶兒、蝌蚪兒、狗
　　　　兒、半盞兒、帘兒、鏡兒、箱兒、籠兒、轎兒、烘兒、袄
　　　　頭兒、傘兒、鳳兒、模樣兒、魂靈兒、這樣兒、些兒、這
　　　　些兒……。〔註5〕

〔註3〕參見劉叔新，《漢語描寫詞彙學》，頁71。

〔註4〕例如，由「子」構成的名詞多表示具體事物，如「盒子」、「刷子」
　　　等，五代之後則出現了一些"～子"形式的抽象名詞，如「面子」、
　　　「性子」；「兒」的語法意義在南北朝時，表示小稱、愛稱，唐代以
　　　後此種用法的「兒」逐步擴大使用範圍，不僅用於指人，還可用於
　　　指動物、植物以至一般事物，如雁兒、黃鶯兒、雀兒。詞例參見孫
　　　錫信著，《漢語歷史語法要略》（上海：復旦大學，1992），頁104、
　　　105；詞綴概說參見是書頁96-113。

〔註5〕歐陽宜璋，《碧巖集的語言風格研究》頁146-148對於附加式用法於

　　如此生活化、構詞活力強的新興詞彙最常出現在口語交際的場合中。在使用範圍不斷擴大的情況下，再加上唐宋俗文學的發達，此種口語詞彙極易進入文學作品中成爲口語化的書面語詞。作品中此種詞彙一多將相對性地強化作品中輕鬆、俚俗的語言風格；反之，則較顯莊重典雅的色彩。劉叔新在《漢語描寫詞彙學》一書中即指出帶詞綴的詞彙呈現了濃重的口語色彩：

　　　　『桌』具有書面語色彩，而『桌子』則變爲口語色彩的詞。
　　〔註6〕

　　而孫錫信《漢語歷史語法要略》與張滌華主編之《漢語語法修辭詞典》則指出帶詞綴的詞、口語詞帶有親切活潑的色調。《漢語歷史語法要略》云：

　　　　總的來看，詞頭『阿』有兩個使用上的特點：（一）帶親昵意味，如用於人名小字、姓氏、排行等；（二）帶方言色彩。
　　〔註7〕

　　《漢語語法修辭詞典》則作了如下之說明：

　　　　……。如漢語兒化音具有輕鬆活潑的情味，……口語詞有隨意親切的色調。……〔註8〕

　　有了上述的說明作爲基礎後，我們即可據以檢視《清眞集》中的派生詞詞例，並試圖指述其風格特徵。

二、由清眞對派生詞之運用，見其詞風雅化之趨向

　　派生詞所展現的風格特徵或爲雅或爲俗，我們將自數量上的多寡、結構上的分析以及詞例的歷史演進進行區分及說明的工作；此外，我們仍將以柳詞作爲參照系統以突顯清眞詞於此部分所呈現的特殊風格。下文中我們依例先將書中出現之詞例及數量之多寡以圖表的

　　　　唐宋俗文學中的運用現象有甚爲清晰之說明及例舉，可以參見。
〔註6〕參見劉叔新，《漢語描寫詞彙學》，頁71。
〔註7〕參見孫錫信，《漢語歷史語法要略》，頁99。
〔註8〕參見張滌華主編，《漢語語法修辭詞典》（安徽：安徽教育，1988），
　　　　頁139「風格要素」條。

方式表出。

	前綴＋詞根	詞根＋後綴
《清眞集》	（無）	燕子4、艇子2、梅子、眸子、杏子、心子 釵頭2、江頭 情性兒、扇兒、眉兒
《樂章集》	第一	桂子、些子2 蜂兒2、眉兒2、心兒、蝴蝶兒、些兒、這些兒 渡頭、枕頭

　　就數量而言，《清眞集》中出現了十六個派生詞，比柳詞中的十四個要來得多。但是若整體翻閱《清眞集》，「生香」、「鐘定」、「青鸞」、「宿煙」、「香篝」、「鉛霜」、「荊桃」此種具有典雅色彩之複合詞或短句仍然佔了詞集中詞彙的絕大多數，因此由派生詞所標示之親昵、活潑的語言風格不僅無法取代帶有雅化色彩的複合詞，以主導整本《清眞集》的語言風格走向，亦且幾乎無法明顯地淡化詞集中典雅化了的語言風格趨向。

　　若與柳詞相較，柳永於《樂章集》中雖只使用了十四個派生詞，較《清眞集》來得少，但《樂章集》中其他作爲主語或賓語之複合詞，通常爲一般人較爲熟悉、可以隨時入於口語交際之詞彙——如「舊歡」、「良辰」、「美景」、「天氣」、「小閣」等，因此柳詞一旦使用口語化的派生詞對於全集「淺白」之語言風格實能收輔成之效用，是以親昵、口語的風格特色較周詞來得要濃重些，與周詞之情況有所不同。

　　就結構而言，我們可以分爲「前綴結構」與「後綴結構」兩個部分來談。

（一）前綴結構

　　綜合各家說法，在一個自由語素或半自由語素之前所附加上去的前綴，大抵有「老」、「阿」、「初」、「第」等字。《清眞集》中未能尋得此類詞綴。集中雖然也出現過帶有「初」字的詞彙——如「初霽」，但

此「初」字爲實語位，有「開頭」之意，應該視爲複合詞的一部分，不符合標準詞頭之定義及規範，是以《清眞集》一百九十五首作品中，周邦彥未曾運用過帶有前綴之派生詞。〔註9〕而《樂章集》中此類詞綴出現的次數也甚低，僅只「第一」一例。這種現象除了反映語言學上「詞尾在文章裡跟語彙上都比詞頭用得多」此一現況之外，〔註10〕若一併考量作品風格之形成，我們所能得見的是：在風格意圖與語言習慣有所悖離時，不論是詞風有淺白趨向的柳永或是有雅化趨向的周邦彥，皆不會刻意地違反語言習慣，以此類派生詞凝造其所需要的文學風格。

（二）後綴結構

二人既不約而同地省略了前綴式派生詞的運用，這個部分的風格異同則要自後綴式派生詞之使用概況得見。

「後綴結構」又稱「後衍格」。〔註11〕何謂「後綴結構」？趙元任《中國話的文法》一書中，有如下之定義：

> 中國話的詞尾是虛語位，絕大數是輕聲，用在詞的後頭，表示詞的文法功能。他不但跟詞頭在位置上不同，而且是輕聲，甚至有的是不成音節的，像捲舌詞尾「儿」。〔註12〕

稍加歸納，「後綴結構」有三個特質：

（1）就功能而言，它表示詞的文法功能，是爲虛語素。

（2）就語音而言，絕大多數是輕聲，有些甚至不成音節。

（3）就位置而言，爲詞彙後頭的附加成分。

在這樣的標準之下，結合面寬的語素，如「人」、「師」、「然」、「者」；新興語綴，如「化」、「性」、「論」、「的」，一則在語音上，

〔註9〕嚴格的詞綴在意義上通常有虛化的傾向、不是實詞，不能作爲複合詞中一個獨立的部分。參見趙元任著、丁邦新譯，《中國話的文法》，頁118、119。

〔註10〕同上註，頁120。

〔註11〕參見劉叔新，《漢語描寫詞彙學》，頁78。

〔註12〕參見趙元任著、丁邦新譯，《中國話的文法》，頁120。

不合乎輕聲的要求；二則皆爲意義較實的附加成分，因此本文所討論的後綴結構乃指失去原字詞彙意義，只標誌語法作用之典型語綴，如「子」、「兒」、「頭」、「巴」、「們」。此外，關於「頭」字，作品中帶有「頭」字之詞彙並非皆爲典型的後綴結構，例如「城頭」、「樓頭」，二者之「頭」字皆有「頂」、「端」之義，意義較實，爲詞彙之中心語義，不適合看作詞尾，組合方式屬於偏正式，是以凡是此種詞例皆不在本文討論範圍中。〔註13〕

1、子

《清眞集》中詞尾爲「子」之派生詞，所指稱的範圍大致上可以分爲三類：一，表動植物名詞者，如：燕子、梅子、杏子；二，表事物名詞者，如艇子；三，表人體器官名詞者，如：眸子、心子。「子」附於名詞之後，只起稱述某種事物的作用而不具涵實義之用法起源甚早，漢魏之後即屢見不鮮，例如：

> 信宿漁人還汎汎，清秋燕子故飛飛。（杜甫〈秋興八首之一〉）

> 艇子打兩槳，催送莫愁來。（唐·劉方平〈莫愁樂〉）

> 空山松子落，幽人應未眠。（韋應物·〈秋夜寄丘二十二員外郎〉）

> 單衫杏子紅，雙鬢鴉雛色。（《樂府詩集·西洲曲》）〔註14〕

這些帶「子」詞尾以表示具體事物的詞彙，不論於魏晉時期的樂府詩中或是唐詩裏皆能得見，只「心子」一詞，宋代以前的詩文中少見，可能爲當時之口頭語。柳永甚少使用帶「子」字之派生詞，《樂章集》中僅有三例，其中只「桂子」一詞爲歷代作品中沿用已久之詞彙，「些子」一詞，前代作品中頗爲少見。由此種對比現象來看，帶「子」之詞彙，於宋代之際，既已成爲歷史書面語之一部分，則或多或少在歷史的沈澱遞進中涵化了一些古雅的色澤，因此周詞對於此類

〔註13〕並參孫錫信，《漢語歷史語法要略》，頁101-108；潘文國、葉步青、韓洋等著，《漢語的構詞法研究》，頁83-86。

〔註14〕以上詞例見〔宋〕郭茂倩編撰，《樂府詩集》（台北：里仁書局，1981）及高步瀛選注，《唐宋詩舉要》（台北：學海出版社，1988）。

詞彙的運用仍不免呈現了俗中帶雅的趨向。

2、頭

六朝之後的文學作品開始出現不帶「頂」、「端」之義的虛化的「頭」。例如：

> 南市買轡頭，北市買長鞭。(《樂府詩集·木蘭詩》)

> 常沒水中，出膝頭，小兒不知，欲取弄戲，便殺人。(酈道元《水經注》)

至唐、五代以後，詞尾「頭」字的運用已較爲普遍。例如：

> 霞骨堅來玉自愁，琢成飛燕古釵頭。(唐·陸龜蒙詩)

> 雨歇楊林東渡頭，永和三日蕩輕舟。(孟浩然·〈三日尋李九莊〉)

> 一時念頭差了，供招是實。(《京本通俗小說·菩薩蠻》)〔註15〕

《清眞集》中帶「頭」字詞尾之派生詞出現頻率並不算高，所運用之詞彙只要稍爲流覽前代作品便不難尋獲，是以此處之詞彙所呈現之風格同於前項，仍是蘊含著些許雅化色彩的。柳詞的《樂章集》於此處之表現與《清眞集》同。

3、兒

自南北朝後，「兒」已逐漸虛化爲名詞的附加成分，如「狗兒」、「豬兒」。雖爲附加成分，但仍有小稱、愛稱的語法意義。此有小稱、愛稱的「兒」字，自唐代以後逐漸擴大使用範圍，不僅用於指人、動物，還可以用以指稱植物以及一般事物。如：

> 雁兒爭木馬。(杜甫詩)

> 鵝兒黃似酒。(同上)

> 葫蘆兒沈後我共伊休。(《張協狀元》)

> 眉兒那曾開，花兒不忺帶。(同上)

> 門兒拽上不關，那賊略推一推，豁地開了。(《京本通俗小說·

〔註15〕「頭」字詞尾的歷史演進參見孫錫信著，《漢語歷史語法要略》，頁108；
　　　詞例介紹並見《漢語歷史語法要略》、《樂府詩集》及《唐宋詩舉要》。

錯斬崔寧》）〔註16〕

　　這種結合面寬、運用靈活、口語化色彩甚濃的詞綴，《清眞集》中並不多見，只有「扇兒」、「眉兒」、「性情兒」三例。其中「扇兒」、「眉兒」一詞，宋代以前的作品即時能得見，眞正帶有宋代俚俗口吻的只有「性情兒」一詞。反較柳詞，其使用的次數高出周詞甚多，其中「這些兒」、「些兒」二詞彙，「兒」字置於量詞之後，通常要在通俗性、俚俗性更強的戲文中方能得見（如前文所舉之《張協狀元》）；至於「蝴蝶兒」、「心兒」更是戲文中常見的詞彙，它往往帶有親暱、口語化的色彩，並極易予人鮮明的形象感受——讀者似乎隱約可以窺見小女兒遊戲後花園的嬌憨姿態。就此項詞綴的運用來看，柳詞呈現了較爲自由、活潑的構詞現象，之詞彙周詞端正、雅麗互爲參照後，立即清楚地被烘托出來。

　　由柳、周二人「附加式」詞彙運用的差異性來看，柳永詞反映了較爲濃厚的白話特質。此種附加式的派生詞實則較爲接近口語，而非典雅的書面語，近體詩中雖然偶能得見此種詞彙，但出現的比例不如詞中來得高，詞中出現的頻率當然又不及更爲通俗化的戲文，由此可以得知，愈是反映大眾化口味的文學作品，愈易得見此種較爲淺白、慣用於口語交際場合的派生詞。派生詞在作品中出現的次數一多，極易發展出與典雅相左之「俚俗」的文學風格，又且「詞」乃起源於市井歌樓，「通俗」方是詞體的當行本色，慢詞興起之後尤是如此。要於作品中完全避免使用此類詞彙，純粹綴之以雅言，一則違反詞體的基本風格，二則在不離裁花剪葉之題材的限制下，要完全避開此類詞彙亦屬不易，〔註17〕是以詞風有雅化傾向的周邦彥仍然不能免俗地援

〔註16〕「兒」字詞尾的歷史演進及詞例參見孫錫信，《漢語歷史語法要略》。
〔註17〕因此，《清眞集》中較爲淺白、通俗的詞彙尚不止此。如助詞「箇」，屬於詩歌中的特殊語辭，非雅話舊義所能詳賅，性質泰半是通俗的，張相《詩詞曲語辭匯釋》即言：「箇，估量某種光景之辭，等於價或家」）（頁370）。《清眞集》中「箇」字出現的次數不算少，如「眞箇」、「無箇」、「醒醒箇」、「些箇」。由此可見，周邦彥仍會運用當時通俗

用了一些派生詞入詞。儘管加以使用，但他所使用的派生詞大抵屬於文雅之口語；而柳詞「兒化」語彙用得較多、較靈活，吸收習慣語進入作品的情況較爲明顯，此則已是逐漸遠離「文雅口語」而展現出「家常口語」之特色。〔註18〕以此觀之，二人雖同用相同結構之語彙，並且在使用次數沒有太大之區別的情況下，只要其所偏重之語彙有所差異，二人的作品風格亦可因之而有相異之趨向。

　　綜合上文所論，我們大抵可以推知：俚俗或典雅風格之區分，雖然並非觀察詞集中特定的某一類詞彙即可遽下判語，但一旦某種語言風格成爲詞家創作的中心意念時，在各類能突顯風格功能之詞彙的運用上，即可或多或少、或顯或隱地得見詞家用心之所在與構作之意圖。

第二節　《清眞集》中的複合詞

　　單音節語素大致上以五種結構方式組合成雙音節的複合詞。此五種結構方式分別爲：並列關係（或稱聯合關係），偏正關係（或稱修飾關係），主謂關係（或稱陳述關係），動賓關係（或稱支配關係），動補關係（或稱補充關係），下文先自並列關係談起。

一、並列式

（一）並列式的定義及種類

　　構詞的聯合關係，以兩個語素間意義的遠近或類反，又可以區分

　　　　的語彙入詞，言其雅化，需要透過與柳詞相互比較方能清楚指辨此
　　　　一種趨向，言其典雅並非絕對性地指稱與論斷。
〔註18〕張永言於《詞彙學簡論》（湖北：華中工學院，1982）一書中指出：
　　　　口語可以分爲文雅口語、家常口語和俚語三種。文雅口語或稱典雅
　　　　口語，是最接近書語規範的口語。它的特點是語法正確，不用方言
　　　　詞和習慣語（jrgon），感嘆詞、語氣詞和其他助詞以及形象性詞語用
　　　　得比書語多一些。家常口語，或稱日常口語，不如文雅口語那麼整
　　　　飭，規範化的程度差一些，比較容易吸收方言詞如習慣語，表愛詞
　　　　（如漢語的「兒化詞」用得較多）。參見是書頁99。

爲：同義聯合、反義聯合及意義相關聯合三種。「同義聯合」意指組合的語素間意義相同或相近，彼此沒有修飾、補充等關係，而以並列聯合的方式組合成詞，例如：海洋、城市、朋友、房屋、語言等。此種詞彙在文學作品中甚爲常見，《清眞集》亦不例外，詞例如門戶、池塘、音韻、久長、繚繞等。

「反義聯合」，意指兩個詞素之間意義相對、相反，例如：出納、收發、開關、動靜、裁縫、買賣等，《清眞集》中雖有此種詞例，但比起同義聯合要少得多，詞例如：多少、去來、幾許、早晚、彼此等。

「意義相關聯合」則意指兩個語素之間雖然意義有別，所指稱的事物亦不相當，但仍有一定的關聯性，其間的關係可能是種與種或種與類、部分與全體以及倫理親屬之關係，如果從概念上分析，它們是同一等級的，類屬同一範疇，例如：尺寸、骨肉、血肉、水土、領袖、兄弟、妻子、牛馬、狐狸等。《清眞集》中的詞例如：人家、歌舞、桃李、煙霧、坊陌、院落、淒涼等，爲數不少，與「同義聯合」之詞例佔了詞集中聯合式詞彙的百分之九十以上。〔註19〕

（二）詞義及其組成部分詞素義之關係

對於詞與詞內部意義上的關係，曾作過較爲詳盡而清晰地討論的有王力、盧甲文以及符淮青。其中，王力在《中國現代語法》裏對「對立語構成的複合詞」（即反義詞）作了意義上的歸類及劃分。由於三人之中僅有王力將「反義詞」單獨提出作爲討論，所以在反義詞的部分，本文將斟酌地借用王力所提出的六種劃分以爲綱目並進行討論。王力所提出的六種類分爲：

（1）複合詞與原來詞的意義相去甚遠。

（2）借相反的意義來表示「無論如何」或「在任何情況下」的意思。

〔註19〕説明及現代漢語之詞例，參見程祥徽、田小琳，《現代漢語》，頁 177、178；潘文國等著，《漢語的構詞法研究》，頁 303。

（3）借原來兩詞「相對」的意義，以表示人物的「度」。

（4）以「多少」表示疑問的數量。

（5）以「上下」、「來往」表示大概的數目。

（6）以對立的兩種事物，表示比這兩種事物的範圍更廣或不同
　　範圍的一種事物。〔註20〕

　　但在「同義聯合」與「意義相關聯合」兩個範疇上，王力所提
出的「併合語」概念，意在討論語素義之間意義上的消長併吞，所
涉及的詞彙只限於偏義複詞，材料並不與「同義詞」與「意義相關
聯合詞」疊同。在其討論內容與一般語言學論著對於「同義聯合」
與「意義相關聯合」之定義不完全類同、一致的情況下，我們將部
分地借用符淮青對於詞義與詞義素關係的邏輯分析，例如「語素義
直接地完全地表示詞義」、「語素義直接但部分地表示詞義」等五項
以檢查「意義相關聯合」及「同義聯合」的詞彙。

　　至於盧甲文的論點，因其所側重者乃在反義詞素於複合詞中出現
的聯結次序及組合方式（即「好」、「多」、「先」、「陽」等意思之語素總
是出現在「不好」、「少」、「後」、「陰」等語素之後），與本文所關心的
風格目的距離較遠，並不適合作爲討論的基礎，因此略而不論。〔註21〕

1、反義聯合

（1）以「多少」表示疑問的數量，但有「多」的偏義指涉

　　二人詞中「多少」一詞，出現的頻率大抵相當，字詞間所表露出
的情態亦相當，並無強與弱、熾烈與冷靜之分。「多少」一詞的詞義
如標題所明，並非「多」與「少」二者詞義的相加、結合，僅只是呈
現了「多」之意，「少」義只作爲陪襯之用，屬於偏義性用法。再如
「幾許」一詞，「幾」作形容詞用時，意爲「不定數」，作爲副詞，則
成爲詢問數量多少的疑問詞；而「許」作副詞之用時，爲「很」之意。

〔註20〕參見王力，《中國語法理論》《王力文集》，卷一，頁367-371。
〔註21〕欲進一步詳明此三家之論點者，可參見潘文國等著，《漢語的構詞法
　　　　研究》，頁318-323、程祥徽、田小琳，《現代漢語》，頁178。

故就詞彙之意涵而言,「幾許」與「多少」之意相當,亦只呈現了「多」之涵意,「幾」的意義同「少」的意義,逐漸地被「多」之意侵蝕,僅作爲反襯之用。「幾多」理亦同此。

不過,就詩(指廣義的詩歌)的語言觀之,不論周邦彥或是柳永所運用的「多少」、「幾多」、「幾許」,皆點出了詩趣。以語言學的分類言之,「多少」屬於量詞,用來概略地指稱具體的事物以及具體可數的時間(如「多少天」),至於抽象的美感、情意與思緒,一般而言,是無法以具體的數詞予以量化的。然而詩的語言卻往往會將字詞作不合常理的組合,以追求更深刻的情意理趣,因此具體的數詞往往可以「反常合道」地與抽象的情感結合,〔註22〕用以適切地捕捉人、事、物細緻的情感或狀態。柳、周二人對於「多少」此一量詞之運用是文學性的──皆甚少以其指述明白可數的事物,反之,卻習常以之形容不可具體稱數的狀態或情境。柳詞便以其形容人物儀態之美。如〈玉女搖仙珮〉:「尋常言語,有得<u>幾多</u>姝麗」以「幾多」形容人物容貌以及舉手投足、言談之間所流曳的姿態之美。人物的美態尚是眼睛所能得見,周詞中絕多數則用以形容更爲抽象的情感或帶有象徵意涵的空間狀態。例如〈風流子〉「新綠小池塘」一闋,「繡閣裏,鳳帷深<u>幾許</u>?」雖然以「幾許」之反問逼顯出女子閨房、帳幔的深邃、多重,看似爲具象之指述,但若置入上下文中,則知帳幔之深邃、繡帷之多重實象徵了作者與詞中女子二人距離之深遙、阻礙之多重,喻示一份無法自我主宰的惆悵、憾恨之情。再如其他作品,字面上雖然以「多少」指述具體的土地,但作者所欲抒吐的實是傷情之深之重。如〈點絳唇〉「遼鶴歸來」一闋:「故鄉<u>多少</u>傷心地」,字面上即以「多少」概稱可以具體丈量的空間,其範圍之大與廣;然而範圍有多大,傷懷即有多重,追憶即有多深,「多少」實爲「傷心」之狀語。再如〈芳草渡〉「昨夜裏,又再宿桃源」一闋中之「疏簾半捲愁雨,<u>多少</u>離恨苦?」

〔註22〕 「反常合道」一詞之詮解參見黃永武著,《中國詩學·設計篇》,頁249-275。

則已經直以「多少」數算、逼顯「離恨」程度之深與重。

以數詞形容抽象的情意，無疑地將會替詞作披上一層更爲抽象、婉曲的文字帳幔，讀者須得仔細咀嚼方能有所領會；形容的情境越是抽象，這層文字帳幔越是不易一眼穿透，越是具有沈潛、僵緩的閱讀效果，此亦將成爲作品獨特的語言特徵，周詞即呈現了此種語言風貌。

（2）借原來兩詞相對的意義以表示人或物的動向

《清眞集》中借原來兩詞相對之意義以表示事物活動之動態性向度的詞彙有二：「去來」（或「來去」）、「縱橫」與「去來」一詞見〈風流子〉「新綠小池塘」一闋，前後文爲「羨金屋去來，舊時巢燕，土花繚繞，前度莓牆」。「去來」一詞聚合了「來」與「往」兩個單音詞的意指，藉由相反的行爲方向概括了燕子飛旋停佇的動向，詞義相當於兩個詞義素的結合。至於「來去」一詞，同「去來」，指事物的動向，但此事物爲只可聽聞，然不可視、不可觸之琴聲。原句爲：「帶雨態煙痕，春思紆結，危絃弄響，來去驚人鶯語滑」（〈看花迴〉「蕙風初散輕暖」），句中藉由相反意義而組構成詞的「來去」狀寫琴聲之流瀉、傳送。再如「縱橫」一詞，〈看花迴‧詠眼〉「秀色容明眸」一闋云：「知他誰說，那日分飛，淚雨縱橫光映頰」，周邦彥藉由方向交錯的反義詞形容人物淚流不止、如滂沱之雨的情狀。

《清眞集》中所出現的三個詞例，一指動物──燕子，一指琴聲，一指淚水，無一用以指涉人物行爲的動向，然而《樂章集》卻呈現了與此迥異的現象。《樂章集》中的詞例與周詞相反，多用以指涉人物的行爲趨向。其反義詞例有：「西東」、「聚散」、「進退」、「往來」、「去來」。其中，「西東」一詞之「西」與「東」是反向的方位詞，原句爲：「雅態妍恣正歡洽，落花流水忽西東」（〈雪梅香〉）。此句中，我們可以清楚地得見柳永省略了動詞「向」字或「在」字，逕以方位詞點出二人不同的所在地及空間距離，再以「落花」、「流水」兩個意象爲譬喻，帶出分離的動態性意指。而「聚散」一詞，詞義本身即藉由反義語素之結合指述人物聚合、分離之況。柳永於詞中云：「豈知聚散難

期，翻成雨恨雲愁」（〈曲玉管〉「隴首雲飛」），直接以之描寫有情之人或聚或散，由不得自身作主、盤算的景況，並未作任何特殊修辭手法上的轉變。「往來」一詞，詞作上下句爲「往來人，隻輪雙槳，盡是名利客」（〈歸朝歡〉「別岸扁舟三兩隻」），柳永不以之狀寫動物的動向，而仍其概指游子、商賈的飄泊不定以及行色匆匆，描繪的依然是人物的動向。「進退」一詞雖不寫飄泊或離散，但仍是人物的動作、行止，詞句爲「慢垂霞袖，急趨蓮步，進退奇容千變」（〈柳腰輕〉「英英妙舞腰肢軟」），詞人以「進退」此反義詞寫曼妙女子趨前又退，婆娑迴旋的舞姿。二人之異在於：周邦彥皆以之狀寫人以外之事物的趨向或人們局部的動態；柳永則皆用以指述人物與其所欲、所想互有乖隔的羈旅遷移，詞義所涵攝的空間感較爲顯著強烈。

（3）以對立的兩詞語表示比這兩詞語意義的範圍更廣或不同範圍的一種事物

若說柳永反義詞中所蘊涵的空間感較爲顯著強烈，那麼周邦彥於反義詞中所表現出的時間感則要比空間感來得清晰而深刻，其運用的詞彙往往是以相對的兩個時辰或節候爲語素義組合而成的反義詞，詞義概指更爲寬泛的一段時間或時節。《清真集》中屬於此部分的詞彙有五，其中即有四個詞彙之意涵指涉了時間的概念。

詞集中的詞例如下：

「早晚」——〈南鄉子〉「戶外井桐飄」一闋：「收起一封江北信，明朝，爲問江頭早晚潮。」女子於燈前剔翦燈花，不止地數算、預卜郎君之歸期，然而不論再如何卜算，女子亦知其究竟只是一道無法豁解之無解題。「早晚」一詞概指潮起潮落的時辰，亦涵帶了「何時」之疑問義。

「寒暑」——〈留客住〉「嗟烏兔」一闋：「嗟烏兔，正茫茫相催無定。只恁東生西沒，平均寒暑。」兩句二十字，只在說明時間的流轉遷逝。在日昇月落中，節氣亦得以均佈，以反義詞「寒暑」表示冷熱之節候。二句中帶有時間觀的詞彙尚不止此，「烏兔」代指日與月，

爲近義聯合之近義詞；「東生西沒」則爲連動詞組，兩個反義動詞「生」
與「沒」之間次序有定，所以爲涵帶時間性之並列關係中的動詞性詞
組；兩個動詞前的狀語其意義亦是對立的，分別拆開後鑲嵌於動詞之
前，以表示動作發生的處所。將兩個反義詞拆開使用，重新拼合以成
詞組，可以使句式的類型更爲繁複多變。亦因如此，兩句二十字雖然
只講時間之流逝，意思稍嫌單一貧乏，但仍然可見其文句展現了特殊
之韻味，此特殊之韻味，不自文意中見，乃純粹自詞彙、句式上的豐
富性及多變性端顯，純屬於形式之美。

　　「日夜」、「賢愚」——〈留客住〉「嗟烏兔」一闋：「忍思慮，念
古往賢愚，終歸何處？爭似高堂，日夜笙歌齊舉。選甚連宵徹晝，再
三留住。」出處同上，然屬下闋之文句。日間可以聽聞笙簫之聲，夜
間亦可聽聞笙簫之聲，表示笙簫並作之音樂活動沒有間斷，以「日夜」
表示相續不斷的時間遞轉。下句之「連宵徹晝」義同於日夜相續，然
而並不綴以與「日夜」相同的字詞結構，屬於並列關係詞組，其中詞
彙又以動賓式的關係組合成詞，「宵」、「晝」詞義相對，但亦是拆散
之後再重新予以組合。「賢愚」是此中唯一不指涉時間概念的詞彙，
以相對之義泛指所有的人物。

　　「左右」——〈西平樂〉「稚柳蘇明晴」一闋：「重慕想，東陵晦
跡，彭澤歸來，左右琴書自樂。」「左右」亦可寫成「早晚」，以「左
右」代指平日、平時。

　　《清眞集》中此一部分的詞例，概念指涉較爲單純而集中。《樂章
集》中的詞例所指涉之事物則較爲多樣，如以「天地」並指空間、時間
的廣遠久大（「願巍巍寶曆鴻基，齊天地遐長。」——〈送征衣〉「過韶
陽」）；「乾坤」表示寰宇之內（「椿齡無盡，蘿圖有慶，常作乾坤主。」
——〈御街行〉「燔柴煙斷星河曙」）；「光陰」指稱時間（「算浮生事，
瞬息光陰。」——〈鳳歸雲〉「戀帝里」）；「榮瘁」、「消息」、「雅俗」、「彼
此」則分指人事之寵辱成敗（「屈指勞生百歲期，榮瘁相隨。」——〈看
花回〉「屈指勞生百歲期」）、人文活動之訊息、結果（「便是有舉場消息。」

——〈征部樂〉「雅歡幽會」）、各式各樣的人物（「雅俗多游賞，輕裘俊、靚妝豔冶。」——〈一寸金〉「井絡天開」）、對方與自身（「好景良天，彼此空有相憐意，未有相憐計。」——〈婆羅門令〉「昨宵裏恁和衣睡」）。

綜觀這三類反義聯合組構而成的詞彙，我們大抵能區別柳、周表現手法上的差異：周詞傾向於以靜態性的詞彙陳述事件，柳詞則擅長以較具動態性的詞彙描繪人物活動。若稍微轉換觀察角度，以時間、空間以及人文活動爲基準重新歸納這些詞彙，我們可以發現柳詞於此類詞彙中呈現了較爲清晰、完整的詞義結構，三者之間有甚爲楚之互相遞補與連結共感的詞義關係，有一定的邏輯性可循；而《清眞集》此類詞彙間的結構關係不如柳詞來得完整乃有所偏捨，以圖表示之，尤能洞然二者之間的差別：

時空與人文活動	動與靜	周　詞	柳　詞
無止盡的時間流程	靜態的時間概念	「早晚」 「寒暑」 「左右」	「光陰」
	動態的時間流逝	「日夜」 「去來」	
人文活動	靜態的資質、天賦、人格特質、人稱與事態	「賢愚」	「彼此」 「雅俗」 「幾多」 「消息」
	動態的行爲活動	「來去」	「去來」 「往來」 「進退」 「聚散」 「西東」
	結　果	「縱橫」 「幾許」 「多少」	「榮瘁」
永恒而無限的空間廣度			「天地」 「乾坤」

　　時間與空間的共通性在於二者皆有永恒、無限之特質。在時空所架設出的座標下，人類之活存時間與活動空間卻短暫、有限得僅爲座標中之一點塵漬。在時空之大之深的壓迫感下，人唯一能奮力以抗的便只有精神與意識的無限擴充──以各種人文活動的建立延續自身生命無限的價值感受。由圖表中二人使用詞彙之差異，我們可以知道：就反義詞的聚合結構而論，柳詞較爲完整地呈現了時間、空間與人文活動三者之間相互影響之關係；而周詞反義詞的聚合表現只提供了時間與人文活動二者之間的互動意義，其於空間之感受，自反義詞詞彙的運用上未能得見。

　　然而人文活動之建立的成功與否，除了與個人時運之乖蹇相關，亦往往受限於舊有、既有之人文活動長期積累下來的價值標準，因此人事榮辱之交欣與摧折容易成爲詩人感受時空壓迫之外另一層身心上的負荷，此種負荷遂成爲文學作品中重要之題材。一生科舉失意的柳永，尤好以張力大、對比性強的反義詞直接表現此種乍聚乍別、空間移轉之人事變遷。

　　反觀周邦彥對於人事變遷之感受，表現方式則較柳永來得間接、含蓄。以兩個意義截然相反之語素直接組合成詞，二者之間意義上的對反給予讀者之感受較爲顯著、強烈，若拆開後分別置入句子或詞組中加以表現，因添加了其他的意象與字詞，此種對比性的感受將與其他語素義融合，極容易沈潛至更深的句意之中，讀者必須延緩閱讀之速度，仔細咀嚼，方能領會對反之語素義所支撐出來的意義張力。周詞中甚多此種表現方式。例如〈渡江雲〉「晴嵐低楚甸」上半闋之「清江東注，畫舸西流」二句，詞人乃將反義語素「東」、「西」拆開，分別成爲「注」與「流」二動詞的狀語，再與「清江」、「畫舸」二詞組合成主謂句，以對偶之方式呈現。「東注」、「西流」，「東」與「西」二個反義的語素義之間因鑲嵌進了「注」與「流」兩個動詞與「江水」、「座船」兩個意象，因此方向之背反並非立即且迅速地，而是隨著水流與畫舫之緩進漸趨拉出，在動作的緩緩推進中，「東」與「西」二個

反義語素之間強烈的對比性遂較趨和緩,進而烘托出下句「指長安日下」越近京都越是情怯之矛盾糾結的心理狀態。此與柳永「雅態妍姿正歡洽,落花流水忽西東」一句(〈雪梅香〉「景蕭索」)對人物聚離有著強烈反應、於情感悲喜上呈現大起大落之情境大爲不同。再如〈看花迴・詠眼〉一闋:「斗帳裏,濃懂意愜,帶困時,似開微合」將「開」、「合」二字拆開,分別加上「似」、「微」二狀語後再組合成爲詞組,「開」、「合」的明確意涵受到無法確指範圍、程度之「似」與「微」二字的修飾後,遂亦模糊朦朧,正適以摹繪女子慵懶之容態,由此與直接組構成詞而有明確詞義的「開合」有了相異的意涵。

2、同義聯合及意義相關聯合

對於詞義與語素義關係分析較爲詳盡者,有符淮清撰作之《現代漢語詞彙》一書。前文曾述及符氏將詞義和語素義的關係劃分爲五種類型,此五種類型之爲:

(1)語素義直接地完全地表示詞義

(2)語素義直接地但部分地表示詞義

(3)語素義和詞義間接聯繫,詞義是語素義的引申喻義

(4)部分語素在構詞中失落原義

(5)構成詞的所有語素的原有義都不顯示詞義 〔註23〕

此五種類型之下又各自細分成許多小項,如第一類之下細分爲「詞義與語素義之和」、「詞義、兩個語素義三者相同」以及「詞義等於語素義內容加上爲表達需要補充的內容」三個小項,分項之標準大抵在於是否加進了暗含內容(主詞爲何或是褒與貶之評價態度)、補充內容(事情發生的原因或事物之程度),或者是否添加了知識性的附加內容。在重新併合及歸類之後,我們發現周詞與柳詞中的同義詞、近義詞大抵有四類:(1)詞義與兩個語素義三者相同(2)詞義只單純的等

〔註23〕潘文國等著,《漢語的構詞法研究》一書中有甚爲清晰之歸納與説明,參見是書,頁 321-323。

於語素義的相加（3）詞義等於語素義相加，但兩個語素義之間有前後的因果關係（4）詞義等於語素義相加後的引申、或借代比喻。

其中第三項「詞義等於語素義相加，但兩個語素義之間有前後的因果關係」，二人詞中雖有但並不多見。柳詞如「寒碧」、「愁紅」（〈雪梅香〉「景蕭索」），前者同時囊括了視覺與觸覺的感受，除暗喻心情之寒外，二詞之語素間並同時帶含了因果性、使役性——「（煙之）碧使人寒，（葉之）紅使人愁」。周詞中亦有此種用法，如「霜寒」——「霜（之落）使人寒」；「病損」——「因病而衰損」。以此種詞彙入詞，可以在一定的語言符號中容納較多的訊息量，且行文上較不易流於平板，再者因爲描繪之對象多爲景物，因此往往因景而生情，情融於景之中，而有情景交融之韻致。第四項「詞義等於語素義相加後的引申、或借代比喻」，二人詞中雖然亦有此類詞例，但與上一項相同，皆不多見。柳詞運用得最爲普遍的是「丹青」一詞，「丹青」本指國畫中的兩種主要顏料，引申之後代指繪畫。周詞中亦有「見說」一詞，結合了「說」與「聽」兩個動作，引申爲「傳聞」、「評論」之義，唯此類詞彙出現頻率不高。

二人詞中出現種類最爲頻繁，且可較爲深入地探討語言風格之所以形成者有二，一爲「詞義與兩個語素義三者相同」，二爲「詞義只單純的等於語素義的相加」兩項，其詞例分析以及昭示的風格特徵分別說明如下：

（1）兩個語素義完全地或部分地表示詞義

不論是完全表示詞義或是部分表示詞義，其共通性在於表現意義的方式甚爲直接。詞義與兩個語素義三者相同者，其特色在於能掌握其中一個語素義即幾乎能掌握完整的詞義。詞例如「蹤跡」，「蹤」與「跡」皆指事物的遺痕，合爲「蹤跡」一詞，亦指行事之痕跡；再如「繚繞」一詞，「繚」與「繞」皆爲纏繞、束縛之意，組合成詞仍爲環繞之意。〔註24〕而意義相關之詞，其中某個語素會受限於另一語素，

〔註24〕此依三民書局，《三民大辭典》（台北：三民書局，1985）之解釋，

致令失落其他意涵，然而亦尚未造成意義上的變異或轉換，兩個語素間的意義乃有加強、補充的特色，詞義依然是單一而明確的。例如「瘦減」一詞，「減」爲東西事物的減少，在「瘦」的意義限制下，專指形軀的消減，因此「瘦」與「減」合而爲消瘦之義；再如「久長」，「久」乃指時間之久，不形容其他的事物，「長」則可作其他事物的定語，以形容該物之形狀或長度，但於此處，受到「久」字之範限，只能指「時間」之長，二字之意義指涉較窄較狹，但詞義卻較爲單一而明確。

　　此類詞彙雖然義指單一而明確，但反觀之，此類詞彙所能蘊含的信息量較小。在信息量負載極大（透過用典或各種修辭手法表現）的情形下，適時的加入此種意蘊較爲疏朗的語言符號，能夠有效地緩衝或是舒解過密過實的訊息，並於句式長短有致的配合下，令文氣流暢而饒富韻致。周詞則頗能運用此種詞彙的信息量以調節句中意涵的疏與密，例如〈宴清都〉下片換頭處：「淒涼病損文園，徽弦乍拂，音韻先苦」，上半闋末尾處僅用二句帶出庾信出使西魏不得南歸與江淹賦〈恨賦〉二事，字義已過於密實，是以下片換頭處反而較爲寬鬆地用了三個句子引出病弱之司馬相如所彈奏的琴聲傳達出愁苦之音的意象。若將此三句加以濃縮，而成「文園拂弦韻苦」──將「淒涼」、「徽弦」、「音韻」略去或簡省，再與上片末二句配合以成上、下文，前後文句遂爲「庾信愁多，江淹恨極須賦。　　文園拂弦韻苦，文君……」，此一合併，字數不變，但所能承載的事件內容將大爲增加，文意雖然完整，但由於句式類同，在主詞、動詞、補語均皆齊備的情況下，併合之句已成散文句式而喪失了原有之情韻，是以以「淒涼」、「徽弦」之同義、近義詞綴句，再作句式上的變化，實有助於情境之烘托與韻致之構成。

　　若前後文句的意涵已然較爲疏朗，再援用此種詞彙，將令文句更爲淺白易懂，呈現平暢曉易之語言風格。柳詞中，則較周詞更易尋得

中冊，頁3718、3720。

此種句例。如〈鬥百花〉一詞的上半闋：

> 煦色韶光明媚。輕靄低籠芳樹！池塘淺蘸煙蕪，簾幕閒垂
> 風絮。春困厭厭，拋擲鬥草工夫，冷落踏青心緒。終日扃
> 朱戶。

　　上半闋中未用典故，一連用了幾個偏正式的詞彙如「煦色」、「韶光」、「輕靄」、「芳樹」作爲主語及賓語，詞彙的構成方式相同，意指又爲一般讀者平時即能領受到的景色、經驗，是以文意甚爲清晰易懂，並沒有任何閱讀上的阻礙及陌生化的感受。在運用了簡單易曉的詞彙後，作者又一連綴入了幾個同義詞或近義詞——「池塘」、「簾幕」、「拋擲」、「冷落」、「心緒」；此外，在構句手法上，且多數爲簡單的主謂句，並無特別複雜的句式變化，例如「煦色韶光明媚」爲形容詞謂語句、「輕靄低籠芳樹」及「池塘淺蘸煙蕪」爲含有賓語的動詞謂語句、「拋擲鬥草工夫」及「冷落踏青心緒」爲省略了主詞的動賓式動詞謂語句。在眾多表現手法的融匯下，柳詞所形成的語言風格極爲淺白曉暢，而同義詞或近義詞的使用，無疑地爲此中一項重要的助因。

　　（2）詞義只等於語素義的相加

　　前項所能達致的語言效果在於使詞義呈現單一性，而此項詞義的形成則能令詞義稍微豐富些，並在語素義互相配合、彼此補充的情況下，將紛繁事物、人們細緻的思想感情、以及事物性質與狀態間的細微差別作一較爲精確的表現。〔註25〕例如「佳麗」，「佳」指性情之美、「麗」偏指容貌之美，以「佳麗」一詞形容女性則兼指該女子性情、容貌內外皆美，此詞彙在意涵上乃較「美麗」來得豐富些。再如「川原」，「川」爲河流，「原」爲寬闊平坦的土地，「川原」一詞意指河流以及沿著河流邊向外延伸的平野；由於兼指河流及河流邊的平野，因此下文方能順此道出河川「澄映」以及原野「煙月冥濛」、「岸足沙平」

〔註25〕此項風格特徵的說明可以參見道爾吉著〈淺論古漢語複合詞的形成及其詞義特點〉，收入內蒙古大學漢語言文學系，《文學與語言論集》（蒙古：內蒙古教育，1992），頁 247-248。

之景色。此種詞彙不僅爲詞作中常見之基本詞彙，亦爲其他文學作品所習於使用的基礎詞彙。

周詞中此種詞彙甚多，柳詞亦然。二詞集中此類詞彙涵蓋的範圍不外乎人文活動如「人家」、「歌舞」、「鐘鼓」；人物情感、動作如「嬉笑」、「恩愛」、「癡小」；自然景物如「桃李」、「煙月」、「園林」。雖然柳、周詞此一類詞彙同處甚多，但是二者對於此種詞彙之運用仍有其歧異性在，此歧異性適足以對顯出柳詞淺顯曉暢與周詞之深雅典美之兩般語言風格特色。

在拈出二人風格之別異前，首先要說明的是：每個語素義除了理性意義外尚有感性的表達色彩，兩個理性意義相同或相近的語素互相結合則成同義詞或近義詞；若二語素在感性的表達色彩上皆蘊含了濃厚的口語色彩，二者互相搭配組合成詞，則詞彙立顯通俗的風格色彩；若二語素皆蘊含了書面語色彩，一組合成詞，則詞彙即透顯出典雅的書面語色彩；倘是兩種表達色彩混合組詞，則其在語體色彩上則呈現中性特徵。舉例而言，「嘴」此語素在語體色彩上呈顯口語色彩，而「脣」字書面語色彩濃厚。「嘴」與同顯口語色彩的「皮」相結合再加上一個尾綴「子」以成「嘴皮子」一詞，則此詞即有濃重的口語色彩；「脣」與較文雅之「吻」結合成「脣吻」一詞，在理性意義上與「嘴皮子」相同，但在表達色彩上則反顯書面語色彩；若此二語素互相結合爲「嘴脣」一詞，其語體色彩遂呈中性表現。因此語素的表達色彩若皆通俗淺白，一旦成詞，則詞彙之風格特徵益顯淺白之特質，反之，若語素含帶了精深典雅的表達色彩，則詞彙之風格特徵亦將清晰地呈現典雅細緻之特色。

柳詞與周詞之別亦可自此得見。例如同指擺渡處，周詞中則以「津埭」一詞指稱之，柳詞中則以「渡口」稱之。「津」爲渡口較正式、文雅的稱呼，「埭」則爲碉堡較爲典正的指述，皆非口語化、普遍化的用語，二語素合爲一詞，則雅化的現象更趨明顯。此詞大抵只流通於文人雅士之間，非一般販夫走卒交際時所習於使用之詞彙。反觀柳

詞，其中凡稱渡口處，不以同義詞彙表述之而直接書之以「渡口」（偏正型詞彙）一詞，不僅較爲通俗，語義亦較爲單一，只指涉了「津」之意涵而未能概括「埭」之意。再如周詞中「尊俎」一詞，「尊」爲祭祀用的酒器，「俎」爲祭享時放置祭品的器皿，合爲一詞則指酒菜、酒席、宴席，此詞以二個專有名詞合稱酒宴，呈現了典雅的格調色彩。柳詞中凡稱酒宴處若以近義語素結合成詞則爲「筵會」、「宴會」，「筵會」一詞書面語色彩較濃，但詞義較「尊俎」淺顯，「宴會」則呈現中性的語體色彩；若以偏正方式組織成詞，則詞中多以「綺筵」、「瓊筵」、「玳筵」稱之，此三詞雖於一般文藝作品中亦可得見，但實則詩歌之風格色彩甚濃，然而若比起「尊俎」之具含指代性，讀者接收訊息較爲緩慢、間接的情況，「綺」、「瓊」、「玳」三字所予人之「佳美」之感受卻是明顯而直接的；除此之外，柳詞亦好添加方位詞，以「宴處」、「尊前」表達此種意涵；或將二近義語素拆開以詞組「飲席歌筵」、「席上尊前」表示。這些詞彙，詞義皆較爲「尊俎」來得淺白。周詞中亦有「宴席」、「酒席」等詞義較爲顯豁之詞彙，然而卻時時出現「尊俎」、「蓴羹」、「蟹螯」等以專有名詞指代宴席之詞彙，是以我們由二人此項近義詞組所表現的聚合結構觀之，柳詞使用之詞彙淺白、而具有廣大的流通性與普遍性正適足以反襯周詞所使用之語彙呈顯了精深典雅之風格特徵。

此外尚值得一提的是，我們在前文曾論及周詞偏好將反義語素拆開而將其分別置入句子或詞組中加以表現，以間接委婉的手法表現人物細緻而糾纏的心理狀態；柳永則偏好將近義語素拆開，以更爲疏朗、直接的方式表現人與物之情態與事件。除了上段文字中所提到的「飲席歌筵」、「席上尊前」外，替詞中此種詞組俯拾皆是，如「紅塵紫陌」、「瑤臺瓊樹」、「登高臨遠」、「非霧非煙」、「百態千嬌」、「多嬌多媚」、「深情密愛」、「雅歌豔舞」、「名都勝景」、「水遙山遠」、「物情人意」、「輕倨輕倚」、「怯雨羞雲」、「乍晴輕暖」，其不僅意義明白曉暢，即連組構方式亦甚爲單一，不若周詞或爲詞組或爲短句之繁複多變。

　　此二者外，再加上「詞義等於語素義相加，但兩個語素義之間有前後的因果關係」一項，三者所能負載的文字信息量將呈現逐次遞增之現象。文字負載之信息量愈大，語言愈是精練、內容愈是豐富，但若詞中句式繁複、用典甚多，適時地添入語義單一而疏朗的詞彙，將能調節詞義的疏密，維持文句的可讀性與流暢性。由於第一項的風格特質在於使詞義單一化、明確化，周詞頗爲擅長以此調節作品詞義的疏與密；而柳詞則擅於使用淺顯的近義語素組構成詞或是組織成詞組，並且頻繁地使用，此正足以反襯周詞用語之典雅精深，襯托出周詞典麗之格調色彩。

二、偏正式

（一）本節所採取的分析模式

　　對於偏正式複合詞其內部意義關係之分析，歷來之研究大致上可以分爲三大類，第一類之研究重點集中在語素之間的修飾關係及詞性之異別上，分類標準亦依此而定，如程祥徽、田小琳合著之《現代漢語》對於偏正關係詞彙之類分——「受修飾或限制的語素是名詞性的」、「受修飾或限制的語素是形容詞性的」、「受修飾或限制的語素是動詞性的」——即是根據語法功能作爲分類標準。〔註26〕第二類則同時援用了語法與語義兩種分類標準——先以語法功能大分所有的偏正式複合詞，在此提綱下再以語義的概念作爲細分之準則，例如廖廣謙於《口語文法》一書中將偏正式複合詞大分爲「名物修飾語＋名詞」和「名詞＋名物修飾語」兩類，在二大類下，自語義的角度，區分名詞之前的修飾語是聲音、質料、性質、狀態或是時間、空間。第三類則純粹自語義作用的角度談詞彙的形成與分化，〔註27〕如崔復爰將偏正式合成詞依語義之不同區分

〔註26〕種類及詞例見程祥徽、田小琳，《現代漢語》，頁 178、179。

〔註27〕此種分類方式以及談論詞彙之形成原因已屬造詞法的範疇。在以風格之說明爲最終目的的情況下，我們雖借用了構詞法的基本架構，但只要造詞法或修辭法中局部的分析模式有助於風格之說明，在其論點與構詞法之條綱不會相互抵觸或相互矛盾的範圍內，我們皆可

爲質料、用途、領屬、性質、形狀等十八類。〔註28〕由於以語義爲基礎的區分方式有助於觀察作家於凝造詞彙之際，對於人物、形勢、情感或時間、空間、程度等方面的偏好傾向，進而擘析其語言風格、追索其創作意圖，是以本小節擬在偏正式構詞的條綱下，援引了語義分析及修辭方式等其他角度以說明《清眞集》的風格特色。

　　孫常敘在《漢語詞彙》中以「語義作用」的概念對分化造詞的語義進行了極爲詳盡的分析。孫氏共提出了二十六種語義分類，〔註29〕我們據以檢查《清眞集》與《樂章集》中的詞例，可以發現這二十六類中只有將近三分之二的類別是二人所習於使用者，其他十類，二詞集中只偶一出現，是以此處對於詞例之整理只限定在二人詞例出現最爲頻繁以及可以區分出二人詞風之異別的項目上。此外，在分類上，一般人在遣詞用字時往往不會刻意地將色彩、形狀、作法等相近之類別徹底地予以區分，尤其文學作品所重者乃在以有限之語言文字指涉無窮之情蘊，所以文學語詞的創造必然趨向於要求符號本身具備更高度的概括性以及更廣闊的指涉性，裨以涵藏更爲豐富的意蘊，因此，要絕對地判分文學作品中的詞彙，全然地依

適時地予以援用，以完成本文之研究目的。

〔註28〕此處之歸類所依據的各家資料取自潘文國等著，《漢語的構詞法研究》一書第八單元〈語義、修辭角度的構詞法研究〉，頁303-313。

〔註29〕此二十六類分別爲：以「類屬」作條件進行分化、以「民族」或「國家」作條件進行分化、以「人物」作條件進行分化、以「名位」作條件進行分化、以「事物」作條件進行分化、以「性質」作條件進行分化、以「性能」作條件進行分化、以「作用」作條件進行分化、以「用法」作條件進行分化、以「材料」作條件進行分化、以「用具」作條件進行分化、以「動力」作條件進行分化、以「作法」作條件進行分化、以「形勢」作條件進行分化、以「形狀」作條件進行分化、以「色彩」作條件進行分化、以「音響」作條件進行分化、以「氣味」作條件進行分化、以「溫度」、「濕度」、「硬度」作條件進行分化、以「情感」作條件進行分化、以「關係」作條件進行分化、以「方位」作條件進行分化、以「地域」作條件進行分化、以「時間」作條件進行分化、以「程度」作條件進行分化、以「數量」作條件進行分化。參見潘文國等著，《漢語的構詞法研究》，頁308-311。

據色彩、形狀或作法進行分化實屬不易，所以本文將依詞例的特性及其所側重處予以歸類。例如「繡閣」、「畫堂」等詞，除了提供色彩的意象外，亦兼指繽紛的圖案、花紋，因此我們便將「色彩」、「花紋」做爲相類近的分化條件，並列於同一欄之中，其他或有異於原來取樣之歸類方式，理亦同此。

在分析之前，依例先將《清眞集》及《樂章集》中的詞例整理如下表。

（二）《清眞集》及《樂章集》中的詞例

	《清眞集》	《樂章集》
以「類屬」作條件進行分化	梅梢、雁聲、人影、桐花、池面、口脂、蓮露、人腸、容光、燈花	眉鋒、蛩聲、燈花、湖光、菊蕊、
以「人物」作條件進行分化	隋隄、劉郎、秦鏡、韓香、謝家	
以「事務」作條件進行分化	離席、別浦、禁城、妝樓、	漁市、樞庭、籌帷宴館、
以「性質」作條件進行分化	佳音、密耗、珠淚、蓮娃、嬌面	芳心、韶光、奇葩、佳人、才子、孤煙、雅態、妍姿、良宵、幽恨、幽谷、幽閨、蘭心、蕙性、秀色、嫩臉、玉肌、韶陽、韶光、嘉節
以「動力」作條件進行分化	風幕、風簾、風燈、風竹、竹風、風絮、風扉、風幃、風鬌、風荷	風梗、風絮、風簾
以「形勢」作條件進行分化（案：即「狀態」）	露飲、閒步、褪粉、飛雨、遙知、偷換、暗滴、露橋、倦客、閒尋、乍窺、飄綿、殘夢、空滿、暗愁、殘英、殘燈、端相、空階、沈吟、漫說、斷梗、乍拂、劇飲、笑語、靜鎖、慘將歸、密炬	潛催、乍遷、乍出、游蜂、偶別、空遷、陡頓、峻陟、旋落、游人、輕棄、獨立、殘葉、頓乖、雨跡、雲縱、征鴻、落花、流水、空階、孤館、閒愁、孤眠、水村、飛棹、

以「材料」作條件進行分化	玉箸、金縷、金泥、銀鉤、金英、玉盦	金絲、玉管、銀鉤、金尊、玉箸、金縷衣、銀燭、玉鑪、金蕉、金波、瓊枝、玉樹
以「形狀」作條件進行分化	亭皋、長亭、碎影 淚花（蠟滴） 蟬影（鬢影）	雲鬢、虹橋 流霞（仙酒）
以「色彩」、「花紋」作條件進行分化	綺羅、朱戶、鳳蠟、絳蠟、金屋、鵝黃、青鏡、畫闌	黃鸝、豔卉、紈扇、畫堂、繡閣、皓月、鴛被、畫戟、翠幕、蘭舟、綺筵、錦帳
以「溫度」、「濕度」、「硬度」、「亮度」作條件進行分化	涼月、淡月、柔條、暗柳、暗雪、清鏡、寒食、冰輪、冰盤、冰壺、晴嵐、寒汀、霜草、霜葉、涼柯、寒螿、凍梅、淡雲	暖律、暖煙、晴空、晴景、清風、清夜、寒蟬、清秋、冷浸、寒林、寒雨、凍水
以「情感」作條件進行分化	怨懷、行色、哀絃、愁雨、	愁顏、
以「關係」作條件進行分化	廝見、	相呼、旁人、想思、共酌、別館、相倚
以「方位」作條件進行分化	東城、書中、西廂、斜陽、東園、戶外、井桐、土花、西斜	上苑、下臨、宮中、斜陽、
以「地域」作條件進行分化	宮黃、楚江、淮山 楚客、	楚天、海霞、山煙 海燕、
以「時間」作條件進行分化	試花、舊家、同時、舊處、前度、晚葉、暝靄、今音、前度、舊時、前事、曾見、故國、故人、暝宿、遲暮、晨色、早起、秋聲、先苦、夜月、暮草、冬衣、暮鴉、宿粉、日炙 春山（眉） 秋霜（髮）	終朝、當年、今生、當時、鎭歛、夜雨、當初、故都、晝行、秋色、曉星、夜游
以「程度」作條件進行分化	淺約、長結、難堪、盡是、餘悲、長結、名園、霎時、遠山、小窗、密意、密愛	深意、低訴、深處、名花、深紅、淺白、多情、輕雲、

| 以「數量」作條件進行分化 | 重到、唯有、孤鴻、重見、一簾、一川、半篙、幾番、千尺、一箭、數驛、雙絲、萬種、數點、孤雲、半規 | 千嬌、百媚、萬家、千愁、萬緒、孤幃、九衢、雙美、幾回、雙槳、一枕、萬回、千轉、一葉、萬般 |

（三）詞例分析——偏正式複合詞所昭示的文學風格及意涵

1、《清真集》分化造詞中特殊種類概述

由上表觀之，《清眞集》與《樂章集》有別，而呈顯個殊之語言特徵的造詞方式大抵有幾個項目，分別爲：以「人物」爲基礎、以「動力」爲基礎、以「溫度」、「濕度」等爲基礎、以「時間」爲基礎的造詞方式。二人詞彙所展現的特色試簡說如下。

先論以「時間」爲基礎的分化造詞。上文已然指明：周邦彥在並列式的構詞中特別展現了他對於時間移轉之敏銳，而在偏正式詞彙中，周詞亦呈現了此種特色與風貌。此類詞彙在詞集中爲數甚多，或爲指述長時間之今日與昔時之詞彙如「舊家」、「前度」，或爲點出片刻、短暫之時間者如「夜月」、「早起」、「晨色」，此種詞彙若與並列式複合詞中指述時間的詞彙合併以觀，數量之眾，更可以清晰地揣見時間之流程所給予詞人之隱然的威脅與負荷。其次，以「人物」爲基礎所塑造出之基本詞彙，如「劉郎」、「秦鏡」（秦嘉之鏡）、「韓香」（韓壽之奇香）大抵皆爲典故詞彙。典故詞彙涵藏了特定的歷史事件，雖然所蘊蓄的內涵甚爲豐富，適於凝塑作品更深一層的意涵，但若自讀者的角度來看，如「秦鏡」、「韓香」這等較爲生僻之典故若非文人讀者，一般走卒歌女少有知悉者，反觀「凡有井水處皆能歌柳詞」之《樂章集》中則較少出現此等鮮爲一般樂工、歌女所習知之典故。至於二人典故之運用方式，下文中將另闢章節加以討論，此處先略而不論。

其次，周詞中以「動力」爲基礎所塑造的詞彙甚爲特殊。描繪風中之景物爲文學作品中時能得見者，但周邦彥以「風」字作爲形容詞

用以修飾名詞以成「風簾」、「風燈」、「風幕」、「風鬢」等詞彙，則在形容摹繪之間已潛藏了動態之感，是以此些詞彙皆已不再純粹地指述靜態之景物，景物之動態感受浮呈在若隱若現之間，此種表現手法甚爲婉曲、含藏。柳詞中表現風中景物者，雖然亦有此種詞彙，但爲數不多，最常出現之狀態往往是以風爲名詞，或省略，或明舉，而每每於其後接之以動詞，如「天風搖曳六銖衣」（〈巫山一段雲〉「清旦朝金母」）、「夢覺透窗風一線，寒燈吹息」（〈浪淘沙〉「夢覺透窗風一線」）、「風透蟾光如洗」（〈秋夜〉「晚晴初」）、「風揭簾櫳」（〈夢還京〉「夜來匆匆飲散」）、「淡蕩晚風起」（〈定風波〉「佇立長堤」）、「襟袖起涼飆」（〈鳳歸雲〉「向深秋」）、「賴和風，蕩霽靄」（〈甘州令〉「凍雲深」）、「一葉扁舟輕帆卷」（〈迷神引〉「一葉扁舟」）；或以短句的方式呈現，如「野塘風暖」（〈尾犯〉「晴煙羃羃」）、「疏簾風動」（〈過澗歇近〉「酒醒」）。這些表現方式，周詞中亦有，且動詞之運用更爲細致、生動且多變，如「風緊柳花迎面」（〈秋蕊香〉「乳鴨池塘水暖」）、「風梳萬縷亭前柳」（〈漁家傲〉「灰暖香融銷永晝」）、「迎風漾日黃雲委」（〈還京樂〉「禁煙近」）、「條風布暖」（〈應天長・寒食〉）、「風披宿霧」（〈早梅芳近〉「繚牆深」）、「照水殘紅零亂，風喚去」（〈荔枝香近〉「照水殘紅零亂」），「喚」字且將風作了擬人化的表現。此外，周詞中更有轉化被風撥弄者爲撥弄他物動力之來源者，如「燭影搖疏牖」（〈蝶戀花・詠柳〉「小閣陰陰」），乍看之下「疏牖」爲「搖」之賓語，「燭影」爲主語，然而細索語義，則是稀疏的「燭影」搖晃投映於窗面上，而搖晃「燭影」之動力來源爲上句「翠幕褰風」中的「褰風」。這種種多變的用字方式，再結合以「動力」爲基礎所創造出來的詞彙，我們正可得見同爲風動之景物、意象，周詞在構作手法上作了甚爲繁複之變化，與柳詞表現手法之單純、集中適成鮮明的對比。

　　此外，自「『溫度』、『濕度』、『硬度』、『亮度』作條件進行分化」一項來看，在偏正式詞彙的運用上，周邦彥傾向於以此種詞彙表現較爲冷、暗的溫度與色澤，如「涼月」是溫度上的冷，但以之形容

月，則融合了膚觸與視覺上之雙重感受；「冰盤」，則以冰之清冷形容盤子之色澤、質地與觸感，其他以此造詞之詞彙甚多。柳詞中亦多寫冷暗之景物者，偏正式詞彙如「霜華」、「寒蟬」等，為數不少，而短句則有「月冷」，但就此一類詞彙而言，整體的運用實際上較周詞來得溫暖而朗亮。若此種表現昭示了一種指標上之意義，我們尋此指標檢索《樂章集》，則可以發現柳詞果然較周詞更偏好描繪美好、溫暖之景色，是以集中甚多暖景之描繪，例如「陽和新布」、「晝景清和」、「桃花浪暖」、「輕煦」、「乍晴」等，其中，詞人雖然用了偏正式之「凍水」一詞，寫的卻是「凍水消痕」，因此句後立即點出「曉風生暖」之節氣。雖然此種和煦之景多用以引帶出詞人和煦之過往與人情際遇，進而對映出現況之孤清，情感之表現一反景物之美好而為淒清寂寥之況，但是整體的詞風與語彙風格，乃於哀傷中依然顯現了某種溫度與亮度上的熱量與朗然，與周邦彥詞集中所凝塑出的冷與靜顯然有所差異。

此外，自所昭示的各種表達色彩來看，柳永於此偏正式的造詞法中亦呈現了較為濃厚的口語語體色彩，例如「廝見」、「乍遷」、「乍出」、「鎮斂」。〔註30〕周詞中亦有此等詞彙，然而較為少見，種類也較少，大抵只以「乍」一字構作成偏正式之詞彙，如「乍窺」、「乍拂」。然而僅管周邦彥以其作為造詞之語素，但是後頭所承接之語素「窺」與「拂」又非真正通俗者，比起同語義之「見」與「弄」二語素來得典雅些，書面語色彩強烈，是以周詞僅管時常運用帶有口語語體色彩之語素，然而亦未能真正全面彰顯通俗而口語化的風格色彩。此種情形亦出現在以「時間」分化造詞之詞彙中，柳詞言今日昔時，喜歡書之以較為普遍、常見之詞彙，如「當年」、「當時」、「今生」、「當初」，且重複的次數甚多，如「當年」與「當初」皆重複了兩次以上；而周詞中則多書以「舊家」、「前度」、「今音」、「故

〔註30〕此些字詞或語素，皆收錄於張相著，《詩詞曲語辭匯釋》一書中，足見其通俗之語體色彩。

國」。另外，在詞彙所能容受的訊息量上，周詞詞彙所顯之字義意蘊較密，例如，同樣是黃昏時分，柳永會以時間副詞結合名詞成爲「將晚」一詞表現之，雖然準確地掌握了時間的片斷，但只指述了「黃昏」此一訊息；周詞則不僅所提供的意念及訊息較爲繁密，用字亦較爲雅麗，如其即以名詞「暝」與名詞或動詞結合成爲「暝靄」、「暝宿」，不僅指述了夜晚之時間，亦描繪出氤氳迷濛的自然景象或是旅宿的人爲活動。

　　以上乃自分化造詞的角度，概略性地指出周詞中偏正式複合詞呈現了冷暗之語彙色澤以及間接、含藏而繁複的構作手法與典雅的格調色彩，如果將詞彙還歸至作品中，自上下文所提供的語言環境探索，則我們更能更深入而確切地掌握周詞獨特的語言風貌。

2、造詞方式之運用與意境之呈現——運用相同的造詞法，以對比之方式對顯出情意紛迭的意境

　　一般而言，對於造詞方法之運用，最容易操作的表現手法應是以堆垛同義涵、同類型詞彙的方式層層深化情感。因分化造詞的條件相同、詞彙的結構亦相同，因此如果全詞不斷地出現同一類型的詞彙，在深化某種特定的情感上，頗能收漸進層遞之效。此種方式因表現方式單一而集中，是以詞中的意念、意涵極容易爲讀者所掌握，所形塑出的語言風格容易傾向於曉暢淺易，柳詞中即常常出現此種表現手法。例如〈尾犯〉一詞即偏好以顯示某種狀態的詞彙累積愁情。此詞敘寫雨夜懷人以及不自禁地憶起歡樂往事之愁緒，全詞中以狀態爲條件構作而成的詞彙甚多，如「空階」、「孤館」、「難貌」、「將盡」、「旋落」、「孤眠」、「寡信」、「輕諾」、「幽閨」等，「空」、「孤」、「難」、「寡」、「輕」皆共同指向一種寂寞冷清之心理狀態或處境，「將」、「旋」則指涉時間短暫、事物之迫近結束的狀態。其以同性質的語素造詞、以同類型的詞彙描寫情緒，雖然全詞之空間、景物、情事互相交疊，仍蘊含了情景相生與今昔對比之情致，然而整闋詞之意境透過此種詞彙之積累，前後意涵已能藉其互相聯屬，全詞之基本情調甚是容易掌

握，詞境堪稱朗然曉豁。

　　周詞中則甚少此種表現方式，我們大抵只能於小詞或長調的對句中偶然得見。小詞中如〈少年遊〉「朝雲漠漠散輕絲」一闋，運用了甚多偏正式複合詞，如「輕絲」、「春姿」、「麗日」、「金屋」、「春色」等，但「輕絲」、「麗日」指述事物之性質，「春色」、「春日」乃是以時間作為條件構作而成之詞，「金屋」之「金」則為顏色字，仍未能如柳詞般，在一詞之中大量堆垛同一種類型的詞彙。對句中，因對偶的句數有限，因此此種詞彙最多只能出現二個至四個，下一個句子，周詞即會再作詞彙或句式上的他種變化。例如〈蘭陵王‧柳〉「柳陰直」一闋「又酒趁哀弦，燈照離席」句，用了「哀弦」、「離席」兩個偏正式詞彙，「哀」為情感狀態、「離」為人物行為上的聚散狀態，同屬「以『形勢』作為條件進行分化」的造詞類型，涵義皆是低抑哀傷的；下文銜接之「梨花榆火催寒食」，「梨花」乃以「屬性」作為條件、「榆火」以「材料」作為條件、「寒食」（寒食節）以「溫度」作為條件構作之詞彙，不再停留在事物的狀態或處境上，是以清眞於遣詞手法上少以堆垛同類型詞彙之方式塑造詞境。

　　職以此故，我們便可進一步發現在繁複多變中，即使周詞中出現了同類型的詞彙，但詞彙間之意涵卻往往是對顯的，可引帶出某種詞義上之張力。這種表現方式又以狀態、數量、程度等之語義種類最為清眞所偏好。「狀態」類如〈瑞龍吟〉「章臺路」一闋，上片首句「章臺路，還見褪粉梅梢，試花桃樹」，「還見」為領調字領起四言對句。對句中，「褪粉」對「試花」，「梅梢」對「桃樹」，前者屬於以狀態為條件的分化造詞，但此狀態是不同事物（梅花與桃樹）之不同狀態，而意涵上適成對反——一為已逐漸凋零之梅花，一為初開之桃花——季節的遞轉、生命的凋殘與新生皆由此對反之意蘊撐拓出來。是以一般詞論言詞中對句「貴整煉工巧，流動脫化」，〔註31〕清眞此詞適足以作為代表。其之

―――――――――――

〔註31〕〔清〕沈祥龍《論詞隨筆》所言，參見唐圭璋編，《詞話叢編》第五冊，頁4051。

所以流動，一則在於對句間雖然以相同類屬之狀態造詞，但卻能運用語義上的對反，帶出一種自然消長、情事變遷上的張力，而「梅梢」、「桃樹」於語義上，前者屬於領屬性或類屬性的分化造詞，後者則屬於物類性的造詞，語義類別有所差異。此外值得一提的是：下片另句「名園露飲，東城閒步」亦廣爲人所稱許，[註32]「露飲」與「閒步」同爲人物狀態，同屬狀態性的分化造詞，然而「東城」與「名園」各屬不同的語義種類，一顯方位與方向，一顯性質或價值，分屬兩個不同的空間。綜合以觀，兩組對句在同用了表示狀態的語義類別後，並以相反之語義深化其中意蘊，再而變化詞彙的語義類屬，是以能不落入堆砌板重的窠臼中，而產生造詞方式上多變、詞義上流動跌宕之感。

以數量爲條件而帶出語義對比之境況者如〈瑞龍吟〉「章臺路」一闋第三片：

> 前度劉郎重到，訪鄰尋里，同時歌舞，唯有舊家秋娘，聲價如故。吟牋賦筆，猶記燕臺句。知誰伴，名園露飲，東城閒步？事與孤鴻去。探春盡是，傷離意緒。官柳低金縷。歸騎晚，纖纖池塘飛雨。斷腸院落，一簾風絮。

其中「重到」、「唯有」二詞，一爲重複之經驗，寫自身行爲之再現，一爲舊有時空遷轉之後，僅存之人事狀態，在重複之次數與單一之次數作了一番對比後，正可以得見人物事件在歷經時空之變化後的劇烈變遷。爾後，「孤鴻」之「孤」雖爲一種狀態，但就數量而言亦顯示了「單一」之意，雖寫「鴻」卻象徵了人物之孤寂，而繚亂之意緒則在用了「盡是」一詞後紛天漫地而來，正因爲「孤」，因此有如許多之感慨與愁緒；繼之再出現「一簾」一詞，其「一」不爲單一而爲全整之意，亦爲多數，加倍烘托了亂如飛絮之愁緒。再如〈風流子〉「楓林凋晚葉」一闋上片：

[註32] 如夏敬觀則以此二句爲對句中之妙境。其《評清眞集》云：「詞中對偶句，最忌堆砌板重。如此詞『褪粉』二句，『名園』二句，皆極流動，所以妙也」。

楓林凋晚葉，關河迥，楚客慘將歸。望<u>一川</u>暝靄，雁聲哀怨。<u>半規</u>涼月，人影<u>參差</u>。

「一川」之「一」同上爲全整之意，哀怨之雁聲如暝靄，散佈於川面平野之上，「參差」爲自身之外人聲之熱絡、錯雜，「半規」則爲清冷不完滿之月，與熱絡之人影相對顯，象徵了人物如月之清冷。「一川」與「半規」以數量上之對比意涵，帶出了詞人境況之冷清以及不能自己之不斷瀰散於江河關海之傷懷。如果再配合「殘夢」、「餘悲」等詞彙並觀，則見得詞中的情緒自始自終即是低抑的、不斷擴散的，而非喜樂相生相變，或情感意念欲得超脫的層層攀升。

3、語法之變化與作品意境

上文曾多處指出周邦彥在運用此類詞彙時喜作語法上之變化，此處則再集中地歸納一下此類詞彙之語法功能。稍作檢索，我們大抵可以發現其語法功能約有數種：作動詞、作主語、作賓語、作謂語、作定語。作動詞者如「唯有天知」之「唯有」、「偷換寒香」之「偷換」，下接主謂句或是賓語。作謂語者如「何人輕憐細閱」之「輕憐細閱」、「怨懷長結」之「長結」、「銀鉤空滿」之「空滿」；而作爲動詞之情況不如作謂語之情況來得普遍。此外，作主語者，其下往往接動詞或形容詞以成主謂句：接動詞者如「殘燈滅」；再如以「賓鴻」作爲主語，下接動詞及賓語成動詞謂語句，全句爲「賓鴻漫說傳書」，但此句實爲「漫說賓鴻傳書」之倒裝，倒裝之後，因使用了擬人的修辭格，意涵增加——鴻雁亦能述說情事，而成爲與己對話之對象。接形容詞者如「斜陽」接「冉冉」，既寫景之遼闊，亦由斜陽之移動寫時間之消逝。作賓語者，如「空階」，前置動詞「灑」；或例如「清商」，前處置動詞「轉」，即成帶賓語的動詞謂語句。作定語者，如「相思」，修飾「意」，爲「相思意」。這幾種語法功能之中以作主語及賓語之用最爲常見。

由組句方式的不同，我們可以看到類似的詞彙與類似的情景會呈現出不同的風格與氣氛。作爲主語，下接形容詞或動詞時，景物率常出現動態之感，隨之興發之情感則配合著時空之移動而有立體的生變

與推進之跡；若作爲賓語，則景物往往成爲一種靜止的狀態，而在此靜止的時空中，情感則是平鋪性地擴充與漫延，不易有波瀾迭起之曲轉。以「斜陽」之景爲例，周邦彥於〈蘭陵王・柳〉一詞中作「漸別浦縈迴，津堠岑寂。<u>斜陽冉冉春無極</u>」之表現，而柳永〈雪梅香〉中則曰「楚天闊，<u>浪浸斜陽</u>，千里溶溶」。同爲水天交接的黃昏之景，但前者以「斜陽」爲中心點，在形容詞「冉冉」的補充描繪之下，江水所倒映的暮春黃昏之景一望無垠地平鋪於眼前，而「冉冉」亦有緩慢移動之時間意涵，是以所寫之景不再是一個凝結住的特定時空，而是以極緩慢之速度，甚而不被人所察覺之速度向前推移之漸次轉變的時空；此不僅與季節「暮春」之變化相映襯，亦順勢於下句之中將時空直接推進到夜晚，以作昔時月夜情事的追憶與連繫。反觀柳詞之句，「楚天闊」已點明眼前所面對的大致景觀，「浪浸斜陽，千里溶溶」爲此景的具體補充，並點明當下的時間。「斜陽」作爲賓語，主要在襯寫廣闊的江浪所倒映的水天之景，並隱約鋪染橙紅的江霞之色。景雖闊，色彩光影雖粼洵燦爛，但是時空是凝結而靜止的，下片即在此靜止的時空之中思人及追想前事。周詞此種極細部之安排詞彙的方式，無疑地亦爲一種迴環往復式的表現手法，亦且彰顯了周詞思力潛運之創作特色。

4、自修辭造詞的角度──「比擬」與「直述」──檢視周詞中的偏正式詞彙

在分化造詞中，若添入了修辭的角度，則在許多語義類別下又可區分出直述的造詞方式與比擬的造詞方式。〔註33〕直述的造詞方式乃是直接點明事物的形狀、顏色或溫度，詞例如「長城」、「白菜」、「溫床」；比擬的造詞方式則是以譬喻的方式藉他物之特徵以呈現主要事物的特性，詞例如「月琴」──如月之琴、「雪白」──如

〔註33〕造詞的比喻義和修辭的比喻格有所區別。修辭的比喻是臨時的，詞的比喻義是它的一個固定義項，通常有其沿傳已久之持續性，多數已成固定之詞彙。參見田小琳、程祥徽著，《現代漢語》，頁19。

雪之白、「冷笑」──笑容如冰水之冷。這兩種不同的造詞方式展現了不同的語言風格：比擬的造詞方式顯婉麗、曼妙之語言風格，有助於美化詞面、柔化詞面；直述的造詞方式則透顯直率的語言風格，比較不具有形象色彩，表現方式爲華飾多於素描，可顯優美之語言特色。

　　依觀察、檢索二詞集之結果，周邦彦於此種表現手法上似乎容易傾向於使用比擬的造詞手法以型塑典婉之語言風格，但實則其對於比擬手法之喜好程度乃高於使用比擬造詞法，這種觀察結果頗出乎我們意料之外。其以比擬方式形造出來之詞彙並不多見，詞例如「淚花」（蠟滴之狀如淚如花）、「蟬影」（鬢髮之形如蟬翼之狀）、「梅浪」（如波浪生湧不斷之梅花）、「冰盤」（如冰之清亮之器皿），而其直述的表現方式較之前者來得頻繁些，如「長亭」、「碎影」、「涼月」、「淡月」、「綺羅」、「朱戶」、「絳蠟」等。若要設譬，周邦彦往往會以更大的語言結構──句子──表現更細膩之情感或更細緻之特徵，例如「人如風後入江雲，情似雨餘黏地絮」（〈玉樓春〉、「情黯黯，悶騰騰，身如秋後蠅」（〈阮郎歸〉）、「金鑪應見舊殘煤，莫遣恩情容易似寒灰」（〈虞美人〉）、「若遣郎身如蝶羽，芳時爭肯拋人去」（〈蝶戀花〉）。而柳永反而要比周邦彦喜用比擬造詞之手法，《樂章集》中此種詞例甚多，例如「簧語」、「雲鬟」、「虹橋」、「蘭心」、「蘭態」、「蕙性」、「蕙心」、「芳心」、「膏雨」、「霞袖」等，然而其以更大的語言句段設譬者則不如周詞中之頻繁。是以在此種比擬造詞之方式上，周詞並未藉之以塑造婉麗的語言，反而是柳詞以之展現了婉麗、柔美之語言特色。

三、補充式

　　本小節主要討論者爲動補型（包括中心語素爲形容詞者）之補充式詞彙。「動補型」又稱爲「動補格」或「後補格」，是指一個中心成分後頭加上一個補充成分所組成的格式。中心成分表達動作（如「走」），或是性質（如「紅」），所以中心成分只能是動詞性的

或是形容詞性的；補語位在中心成分後面，表達動作或性質的變化趨向（如「走出來」、「紅起來」），或是結果（如「走錯了」、「紅透了」）。根據補語所表現的不同內容，動補結構可以區分為「結果性的後補結構」與「趨向性的後補結構」兩種。〔註34〕《清眞集》與《樂章集》中此種詞例在五種結構中為數較少。分析前，先將詞例整理如下表。

（一）《清真集》、《樂章集》中的詞例

詞集 詞例 種類	《清真集》	《樂章集》
趨向性	歸來、絕來、起來、坐來、牽起、催起、喚起、收起、睡起、歸去、飛去、低下、飛上、喚回	別來、歸來、競來、起來歸去
結果性	聽得、記得、買得、占得、到得、惱得、記得、賴得、認得、褪了、忘了、斷了、飛了、睡了、閉了、見了、散了、醉倒、吹散、洗盡、開後、來遲、飛遲、敲偏、燒卻、飛亂、望極、取次、紅裊裊	占得、消得、貪得、聽得、選得、忘得、記得、眄得、算得、惹得、見得、贏得、占了、放了、過了、老了、是了、壞了、見了、彈了、拆了、換了、開了、扯了、平了、到了、搵了、起了、取次、散盡、等著

（二）《清真集》詞例之解析

1、語法功能

在詞法及語法功能上，此種詞彙大抵作「動詞」、「狀語」、「謂語」、「補語」使用，亦有各自獨立成為一個小句段者。作動詞者如周詞「記得長條垂鵁首」（〈蝶戀花〉「小閣陰陰」）、「醉倒天瓢」（〈蝶戀花〉「魚尾霞生明遠樹」）、「敲遍闌干」（〈感皇恩〉「小閣倚晴空」）、「惱得人又醉」（〈紅窗迥〉），作動詞用時，全句句型大抵成為動詞性或名詞性

〔註34〕詞例及定義、分類參見陸志韋等著，《漢語的構詞法》，頁75。

的非主謂句。

作爲狀語者，周詞詞例如「取次黏窗牖」（〈蝶戀花〉「蠢蠢黃金初脫後」）「取次」爲動詞「黏」的狀語，整體形成一個動詞性的非主謂句。這類詞例在周詞中較不易得見。

作謂語者如周詞「暮鴉飛了」（〈傷情怨〉），「飛了」爲「暮鴉」之謂語，是爲一動詞性的主謂句，此謂語再作爲詞組成爲動詞「看」的賓語，而成爲動詞非主謂句。再如「春意潛來」（〈蝶戀花〉「晚步芳塘」）、「香梅開後」（〈醜奴兒〉「香梅開後」），「潛來」、「開後」作爲謂語，合著主語「春意」、「香梅」，成爲以動詞爲謂語的主謂句。這種用法在《清真集》中屢能得見。

作爲補語者，如周詞「已恨來遲」（〈醜奴兒〉「香梅開後」），全句爲動詞非主謂句。再如「鬢畔斜枝紅裊裊」（〈玉樓春〉「玉奩收起新妝了」），全句爲形容詞謂語句。

配合著詞作長短不齊的句式以及已然固定之格律，此類語詞或者便獨立成句，成爲更大句段中的一個部分，周詞如「苦恨城頭傳漏水，催起，無情豈解惜分飛。」（〈定風波〉）

補充式幾種類別中以作爲中心動詞，構成動賓式的非主謂句以及作爲謂語使用，構成主謂句者最爲常見。

2、風格特色及意蘊

至於其所展現的風格特色及意涵，則須自詞彙之中心成分後方的語素所呈現出之語義性質是爲趨向性或結果性而見。因柳、周二人偏好之種類有所差異，經由柳詞之對映恰能得見周詞之特殊意趣。

由上表中可以得見：周詞之趨向性後補結構，使用次數雖然不及結果性後補結構繁多，但較之柳詞中之趨向性後補結構卻明顯地高出甚多。趨向性之後補結構，不論是描繪人或物之動態，其共同特徵在於人物的某一動作往往持續了一段時間才接續下一個動作，時間極其緩慢的流動感、同一動作的持續進行於詞中往往可以清楚察覺其遞變過程。如周詞〈蝶戀花〉「葉底尋花春欲暮」一闋，下片「卻倚闌干

吹柳絮，粉蝶多情，<u>飛上釵頭住</u>」，「飛上釵頭住」一句，周邦彥將蝴蝶「翩飛」與「停佇」兩個動作清楚地劃分開來，兩個動作的分量是相當的，動作是連續的。由於切割，蝴蝶翩飛的動作隨著詞序的推動彷彿於眼前持續了一段時間方徐徐停落。此與前片「折遍柔枝，滿手眞珠露」之「折遍」，重點落在已完成之「遍」上，「折」之動作便已成爲過去，所見僅是動作「攀折」之後的結果——柔枝上宛如眞珠之露水沾滿了手心。此二者間有極爲分明的動、靜態之別，此種動靜態乃呈現了一種時間上的流程。前文已然指出，周邦對於時間的感受要比柳永來得敏銳，由此處趨向性後補結構詞彙之表現又可得見。

　　此外，在結果性後補結構中，二人所使用的次數大抵相當，但周詞詞彙之類型變化較多，不若柳詞之後補成分幾乎全然集中於「得」與「了」兩個語素上，其中，二人對於「了」字的運用，猶可見得語體色彩之差異。「了」字有「動詞」、「狀態補語」、「完成貌詞尾」三種形式，此三種形式大抵在晚唐五代時即已具備，而其中，宋元時期作爲作爲動詞「完成、了解」之用的實詞「了」字，仍相當普遍；而宋元時期，動詞補語中出現了「ｖ了ｏ」的形式，不再只是侷限於「ｖ了」及「ｖｏ了」兩種形式；此外，語尾助詞的「了」字，乃爲近代、現代口語的普遍現象。〔註35〕《清眞集》與《樂章集》中的「了」字絕大部分皆爲「狀態補語」，皆屬於「ｖ了」之形式，周詞如「看暮鴉飛了」（〈傷情怨〉）、「斷了更思量」、「都忘了」（〈大有〉）、「酒醒時，會散了」（早梅芳近〉「繚牆深」）。周詞中亦有「了」字作動詞的情況，如「玉奩收起新妝了」、「去難留，話未了」（〈早梅芳近〉「花竹深」）之「了」字即爲動詞，表「完成」之義。但柳詞中卻已出現語尾助詞之「了」字，如「可惜許老了」（〈傳花枝〉），又出現了「狀態補語」——「ｖ了ｏ」的形式，如「愛搵了雙眉」（〈洞仙歌〉）、「忍把浮名換了淺斟低唱」（〈鶴沖天〉）、「見了千

〔註35〕歐陽宜璋於《碧巖集的語言風格研究》一書中根據各種資料將「了」字的歷時演變作了一番歸納整理。參閱是書頁 121-122。

花萬柳」（〈如魚水〉「是處小街斜巷」）、「須與放了殘鍼線」（〈菊花新〉）。由此現象，可知柳詞之語法形態較接近當時的口語，口語色彩較濃，而周詞之語法形態卻仍多半停留於晚唐五代的發展階段，口語色彩不如柳詞濃厚。

四、動賓式

「動賓關係」又稱「支配關係」。詞彙的前一個語素往往是動詞性的，支配後面一個名詞性的語素，彷彿動詞帶了一個賓語，詞例如「跨欄」、「登陸」、「改日」、「簽名」。〔註36〕

此種詞例，《樂章集》中出現的頻率不如《清眞集》中來得高，分析前依然先將詞例以表示之。

（一）《清真集》及《樂章集》的詞例

《清真集》	《樂章集》
定巢、障風、映袖、訪鄰、尋里、歸騎、探春、賦筆、吟箋、斷腸、無期、分襟、掩面、牽衣、寄恨、待月、教人、拂水、回頭、望人、無極、攜手、聞笛	觀露、縷金（衣）、無據、笑我、回首、寄宿、踏青、鬥草、傷春、披香、擲果、絕纓、斂翠、啼紅、勸人

（二）《清真集》詞例之解析

1、語法功能

《清眞集》中動賓式詞彙的語法功能要之不外乎幾項：作主語，如「探春盡是傷離意緒」、「歸騎晚」（〈瑞龍吟〉）、「拂水飄綿送行色」（〈蘭陵王·柳〉）；作賓語，如「偏是掩面牽衣」、「想寄恨書中」（〈風流子〉）、「愛停歌佇拍」（〈意難忘〉）；作謂語，如「孤角吟秋」（〈華胥引〉）、「煙裏絲絲弄碧」（〈蘭陵王·柳〉）、「故人翦燭西窗語」（〈鎖窗寒〉）、「旗亭喚酒」（〈鎖窗寒〉）。此外最特殊的是這類詞彙往往與同類型之詞彙組合成詞組獨立存在，如「障風映袖」、「訪鄰尋里」、

〔註36〕定義及詞例參見程祥徽、田小琳，《現代漢語》，頁180。

「吟牋賦筆」（〈瑞龍吟〉）等，各種語法功能出現的頻率大抵相當。

2、風格特色、修辭手段及意涵

透過支配關係詞彙之運用，可以使人物不同的行止舉動不斷地向前遞進，如周邦彥〈意難忘〉一詞一連用了十個動賓式的詞彙寫女子活潑多情的特質，以動態的動作寫主角之性格，如此構設之作品頗類似一幕話劇，有人物、有動作，有情節以及隱藏性之對話──由讀者自由聯想而得，人物的性格表現將分外地鮮明突出。此種運用詞彙之方式若再配合含藏性（草蛇灰線）的表現手法，則將形成一種形象異常鮮明，但意境卻是含蓄蘊藉、味之愈久情意愈出的曲折美感。

周邦彥此一類含藏性的表現手法中，其所含藏者往往爲一詞之主題。例如〈意難忘〉一詞，全詞主要抒發歡聚與離別兩種情感。全詞如下：

> 衣染鶯黃，愛停歌駐拍，勸酒持觴。低鬟蟬影動，私語口
> 脂香。蓮露滴，竹風涼，拚劇飲淋浪。夜漸深，籠燈就月，
> 子細端相。　　知音見說無雙，解移宮換羽，未怕周郎。
> 長顰知有恨，貪要不成妝，些箇事，惱人腸。試說與何妨，
> 又恐伊，尋消問息，瘦減容光。

此種題材，柳詞之表現方式大抵循著寫景→點題（離別）→追憶之固定模式抒寫，〔註37〕「別離」之主題在詞中朗然可見並且貫穿全文，意脈甚是清晰。然而周詞的表現手法甚是曲隱，例如此詞中，「別」、「離」「孤」等可透露離別訊息之詞彙便不曾得見。周邦彥於此詞中首先鋪陳當下幽歡之情並不直接點題，因此全詞情調是愉悅歡樂的，並且一路以動賓式的詞彙──「停歌駐拍，勸酒持觴」，透過支配之關係，一方面使人物的行止動作、事件、時空不斷地向

〔註37〕如〈尾犯〉「夜雨滴空階」、〈鬥百花〉「颯颯霜飄鴛瓦」、〈傾杯樂〉「皓月初圓」等詞均見此種模式，詞栗中尚多此種表現方式，只需稍加檢索，便不難得見。

前遞進，一方面以動態的動作寫女子多才、多藝又且活潑多情的性格特徵，充分地描繪了二人相聚時溫暖而馨美的氣氛。稍後再以漸層轉進的方式，先以「竹風涼」之「涼」作爲歡聚與離別之兩極情緒上的過渡與銜接，接著急轉直下，描摹自己痛飲杯酒，酒漬滿溢襟衫也不在意的形狀以及「籠燈就月」之舉動。何以要劇飲？何以要就著燈月的光芒不斷地凝視女子？皆因離別在即，離愁填膺而不得渲抒。全詞無一字言離別，但離別之主題在主角狂飲之姿態與女子美麗而溫情的對映下陡然呈現，此一來則前處之美愈美，悲者即愈悲。此種鋪陳之方式遂令詞作有了耐人尋味、反覆咀嚼之深長意味。然而此詞尚不只此，在極端的情緒似乎併發完後，以「夜漸深」之景使情緒及時空背景俱皆回歸寂靜，在一片夜深無語的靜穆中，不僅作者激昂之情緒得以逐漸緩和、沈澱，讀者隨作者之意念、情感而游走高竄的緊繃情緒也因此得到緩和與舒解。而下片「知音」、「解移宮換羽」復寫女子與之投契之才藝，「尋消問息」則復藉女子對其之眷戀反寫詞中主角對於此人、此情之難以割捨，全詞意迴環往復，耐人尋味。

此種情緒上的波瀾若不透過動態的描寫而只作靜態的陳述，則氣氛效果將截然不同。我們不妨看看柳永的〈玉女搖仙佩〉：

> 飛瓊伴侶，偶別珠宮，未返神仙行綴。取次梳妝，尋常言語，有得幾多姝麗。擬把名花比。恐旁人笑我，談何容易。細思算、奇葩艷卉，惟是深紅淺白而已。爭如這多情，占得人間，千嬌百媚。　　須信畫堂繡閣，皓月清風，忍把光陰輕棄。自古及今，佳人才子，少得當年雙美。且恁相偎倚。未消得、憐我多才多藝。願奶奶蘭心蕙性，枕前言下，表余深意。爲盟誓。今生斷不孤鴛被。

柳永喜歡以靜態的偏正詞彙直接拈出人物的個性、特質，例如「蘭心」、「蕙性」、「雅態」、「妍姿」、「名花」、「佳人」、「才子」，即使精美之建築與美好之景色，柳永皆要以「畫堂繡閣，皓月清風」、

「鴛被」等靜態的形容詞加以描繪。此種表現方式令詞語意義明晰、呈現明快的語言風格。黎運漢於《漢語風格探索》一書中即云：

> 明快的作品，開頭多是開門見山，或揭示主題，表明態度，或提出主在張；……結構清晰，層次分明，使讀者容易看懂全文的內容。〔註38〕

柳詞中頗多此種明快之作品，而周邦彥則喜歡運用曲筆從側面烘托出本意，呈現出蘊藉、曲折的語言風格。

五、主謂式

主語加動詞、形容詞，或是後面再加上賓語是最典型的造句格式，在現代漢語中，主謂格可以是構詞格，於近代漢語中亦然。言其主謂格可以是構詞格乃因爲詞彙中兩個語素之間的關係是陳述與被陳述的關係，一如主謂句中前後成分的關係，因此主謂式的詞彙好像是一個主謂句濃縮在一個詞裏。詞例如「地震」、「性急」、「心疼」、「耳熟」、「面生」等。〔註39〕

試將《清眞集》與《樂章集》中的詞例整理如下。

（一）《清眞集》、《樂章集》的詞例

《清眞集》	《樂章集》
酒醒、韻高、香滅、天知、陰直、煙裏、夢裏、京華、年去、歲來、風快、波暖、天北、江南、人去、路杳、夜闌、人靜、雨過、雲深	曉來、霧吟、風舞、柳穠、人間、枝上、雲橫、風馳、雲擁、雨歇、天高、天長、漏永、名韁、利鎖、夢覺、酒醒、聲消、聲盡、嬌多、花外

（二）《清眞集》詞例之解析

1、語法特徵

《清眞集》中此類詞彙的語法功能大抵作爲主語、定語、謂語，

〔註38〕參見黎運漢著，《漢語風格探索》（北京：商務印書館，1990），頁218。
〔註39〕定義及詞例並見陸志韋等著，《漢語的構詞法》，頁94；程祥徽、田小琳，《現代漢語》，頁179。

或是結合同類型之詞彙以成詞組。作爲主語者，語法甚多變化，詞例也較多，例如加上時間副詞形成主謂句，如「酒醒後」（〈風流子〉「楓林凋晚葉」）；或加上動詞、賓語形成主謂句，如「衣潤費爐煙」；或直接以動詞作謂語，如「夢輕難記」（〈大酺〉）、「雲深無路」（〈感皇恩〉「露柳好風標」）；或加主謂詞組成主謂句，如「人靜烏鳶自樂」（〈滿庭芳〉）、「酒暖香融春有味」（〈玉樓春〉「玉琴虛下傷心淚」）。

作爲定語者，如「江南倦客」（〈滿庭芳〉），以「江南」具指人物的所在地；再如「江南風味」以「江南」具指地域。作爲謂語者如「拂拂面紅」，此謂語再作爲主語，形成更大的主謂結構——「拂拂面紅新著酒」。或以同類型之詞彙結合成詞組，如「地卑山近」（〈滿庭芳〉）；或省略了介詞兩相結合成主謂式，如「在霧中吟，在風中舞」成「霧吟風舞」（〈蘭陵王・柳〉）。語法功能與前二者大抵雷同。

2、風格特色及義涵

此種詞彙不斷出現將令全詞的語氣通暢流利，意蘊較爲曉豁。周詞中主謂式詞彙之表現方式亦有以同一類造詞方式層層深化情感者，但是爲數不多，長調中較少作此種表現，小詞中則較易尋得此種現象。周詞詞例如〈少年遊〉「朝雲漠漠散輕絲」一闋，上片「朝雲漠漠散輕絲，樓閣淡春姿。柳泣花啼，九街泥重，門外燕飛遲」以「柳泣」、「花啼」、「泥重」三個主謂式的詞彙寫景物之凋零、沈重，但是景物之陰鬱亦即涵攝了心情之泥濘、低落，一連三個詞彙甚能強化此種沈重之感。然而周詞之別致處猶在於此三個詞彙之情調適與前文之「輕絲」、「春姿」此二偏正式詞彙所提供之美好情境互成對反，心境雖苦，然而卻仍有年少春衫薄的任性及飛揚，非爲生命眞正深刻之沈痛與思索。而此景此情又與下片「而今麗日明金屋，春色在桃枝。不似當時，小橋衝雨，幽恨兩人知」之「麗日」、「金屋」、「春色」之構詞相同（偏正式詞彙），雖然同爲春景，但是由於時空轉易、詞人心境上的變化，景中之情已見輕狂與內歛之層次上的差異。而偏正式詞彙其字質之特性多數是清麗朗亮的，與主謂式詞彙所帶出之低抑、愁

鬱互成對比，情意自有沈重與悠閒之別。

　　《樂章集》中的主謂式詞彙不如主謂句來得多，例如「薰風解慍、晝景清和」、「華渚流虹」、「薾圖薦祉」、「南山共久」（〈永遇樂〉「薰風解慍」）；「江山秀異」、「人煙繁富」、「棠郊成政，槐府登賢」、「孫閣長開，融尊盛舉」（〈永遇樂〉「天閣英游」）；「江楓漸老，汀蕙半凋」、「楚客登臨」（〈卜算子〉「江楓漸老」）；「宴堂深，軒檻雨」、「暑氣低沈」、「花洞彩舟泛斝」、「楚臺風快，湘簟冷」、「舄履交侵」、「虛費光陰」（〈夏雲峰〉「宴堂深」）；「酒容紅嫩，歌喉清麗」、「洞房深處」（〈少年遊〉「層波激灩遠山橫」）等。由此類詞例於同一闋詞中出現次數繁多，又且常常以對句方式出現，緣其往往層疊出現之故，遂容易成爲全詞主要之句型，其字義上的疏朗、語氣上的流暢皆能不斷強化平易曉豁之詞風，相對而言，周詞則較顯稠密曲深。

　　再者，如果主詞後方所接續之詞彙爲動詞，敘事的特性較強；如果接續之詞彙爲形容詞，那麼將直接昭揭事物的特性與性質，表態、抒情的特性較強。柳詞中的主謂式詞彙，主詞後方以接續動詞的現象最爲常見，周詞則以形容性詞彙較爲常見，足見二人在運用此類詞彙時，抒吐的對象與內容有所差異。

小　結

　　1、在派生詞上，柳詞反映了較爲濃厚的口語語體特徵，而周邦彥則喜用歷史書面語中之派生詞，此一表現彰顯了《清眞集》雅化的風格趨向。而其他各種詞彙之運用，亦時能得見周詞典麗之詞彙風格特徵。

　　2、在並列式複合詞一項中，周詞擅長以對立的語素義表現時間的流程，並時時將反義語素拆開，令其置入更大的句子結構中，以較爲間接的方式呈現相反之語素義間的意義對比張力。

　　3、在偏正式複合詞、動補式、主謂式以及動賓式等構詞法中，我們能夠清楚地得見周詞之構作手法繁複多變，極少以相同之構詞法

或造詞法凝塑詞境,而是或靜態或動態、或曲筆、或變化各種句子結構以摹情寫意,表現手法顯得曲折而深峭,詞義則顯得稠密幽深,此與柳詞平直顯豁之詞風大異其趣。

第四章 《清眞集》中的典故詞彙與領調字

第一節 《清眞集》中的典故詞彙

　　典故本爲含蓄曲折之詞彙，周詞與柳詞中用典之處甚多，是以依理而言，二人詞作容易展現含蓄曲折的語言風格。然而，雖是含蓄曲折，但若作者使用之典故乃爲讀者所熟悉者，或是同一意蘊的典故不斷地重覆出現，則含蓄曲折亦可轉爲明快而清暢、曉豁而顯易；反之，作者若偏好使用生冷隱僻之典故，則於含蓄曲折外，亦可爲詞作增添晦澀難解之色彩，是以用典方式上的差異，亦能直接影響語言風格之疏朗或稠密。周詞中典故詞彙極多，且含融剪裁的工夫每有獨到之處，歷來詞評家皆已指述歷歷，〔註1〕但是如何剪裁、剪裁之後詞作呈現了何種殊異之風貌，則未能有所說明，本節即試圖指述周邦彥用典之特色與其展現之風格特徵。

〔註1〕如宋‧張炎《詞源》：美成負一代詞名，所作之詞，渾厚和雅，善於融化詞句，……美成詞只當看他渾成處，於軟媚中有氣魄，採唐詩融化如自己者，乃其所長。(《詞話叢編》第一冊，頁266)

　　　沈義父《樂府指迷》云：凡作詞，當以清眞爲主。蓋清眞最爲知音，且無一點市井氣。下字運意，皆有法度，往往自唐宋諸賢詩句中來，而不用經史中生硬字面，此所以爲冠絕也。學者看詞，當以周詞集解爲冠。(《詞話叢編》第一冊，頁277、278。)

一、運用各種構作方式融鑄舊有詞彙

周邦彥於《清眞集》中化用典故詞彙之方式，約有三種：一是直接引用成詞；二爲字序上稍作調整或更替部分的字詞；三爲拾取故事、題目或詩中之意重新造詞，此三種方式於《樂章集》中亦能得見，但是由於構作的手法不同，是以展現的風格亦有所差別。下文即依次討論此四種表現方式以及其間情意功能與指代功能的消長。〔註2〕

（一）直接引用成詞

直接引用成詞是使用典故最爲便易的方式，《清眞集》中極多此種用典之方式。就用典之意蘊上來看，周邦彥之直接引用成詞之詞例絕大部分顯示了指代性之功能，而情意性之功能則較爲薄弱。

集中此種例句如：

1、<u>章臺路</u>。還見褪粉梅梢，試花桃樹。〈瑞龍吟〉——玉勒雕鞍游冶處，樓高不見<u>章臺路</u>。（歐陽修〈蝶戀花〉）〔註3〕

2、<u>遲暮</u>。嬉遊處。〈瑣窗寒〉——惟草木之零落兮，恐美人之<u>遲暮</u>。（屈原〈離騷〉）

3、遙知新妝了，開朱戶、應自<u>待月西廂</u>。〈風流子〉——<u>待月西</u>

〔註2〕基於語言探究的角度，本文在探討周邦彥化用典故詞彙之方式時，所談的「用成辭」乃與歷代詞評家所言之「用成辭」的概念不完全相同：本文所談之「引用成詞」不擬將事典與文典區分開來，只純以詞彙構造（包括詞組）的角度觀察詞家轉化典故辭彙之方式。從材料的範圍來看，此乃是更爲廣義的「成辭」，但從語言結構的大小片斷來看，則只是局部的「成辭」，不論爲何，要之皆與詩話、詞話中所言之直接引用詩句或其他文典之「用成辭」意涵不同。此外，化用典故之方式自與句法息息相關，但限於篇幅、學力以及本文下篇之由「構詞法」帶出的結構體系，因此，此節主要自詞彙運用的角度討論清眞之用典，間次涉及句法，並不全然以句法爲主，不周之處自所難免。然而自句法結構的角度對詞中運用詩典之方式進行討論者，已有曹淑娟先生之〈宋詞中詩典運用之類型析論〉，此文之討論明晰而深入，而於文中所舉析之詞例亦多清眞之作，當可以補救本篇疏漏之處。

〔註3〕原典出處，分見《楚辭補注》，洪興祖撰，藝文印書館；《先秦漢魏南北朝詩》，逯欽立輯校，木鐸出版社；《全宋詞》，唐圭璋編，宏業書局；新校標點《全唐詩》，宏業書局。

廂下，迎風戶半開，拂牆花影動，疑是玉人來。（元稹〈鶯鶯
傳・崔鶯鶯贈張生詩〉）

4、酒醒後，淚花銷鳳蠟，風幕卷金泥〈風流子〉——畫帘珠箔，
惆悵卷金泥。（李煜〈臨江仙〉）

5、想寄恨書中，銀鉤空滿。〈風流子〉——寫了吟看滿卷愁，淺
紅箋紙小銀鉤。（白居易〈寫新詩寄微之偶題卷後〉）

6・斷腸聲裏，玉箸還垂。〈風流子〉——「誰憐雙玉箸，流面復
流襟。」（南朝・梁・劉孝威〈獨不見〉）

7、解移宮換羽，未怕周郎。〈意難忘〉——「曲有誤，周郎顧」，
《三國志・吳志・周瑜傳》載：「瑜少精音樂，雖三爵之後，
其有闕誤，瑜必知之，知之必顧。故時人謠曰：『曲有誤，周
郎顧』）

　　這種詞彙之運用大抵只是一種「替代性」的用典方式，具有「代
詞」的性質，多半指稱人物、時地、或是器物。例如「章臺路」代指
京城的街道；「遲暮」意指「年老」、「衰老」；「待月西廂」意指等待
情人；「金泥」指稱帘幕上的金泥；「銀鉤」等於「書信」；「玉箸」比
喻美人的眼淚。兩個語詞可以隨意替換，「桂華」等於「月光」；「玉
箸」等於「眼淚」；「周郎」指精通音樂的人。這些指代性的詞彙皆大
抵以一個與原來意義完全相當的詞彙代入作品之中，這種替代字詞的
手法在周詞中無法有效或是充分地增入更爲深廣的情境，作品之意義
未嘗擴大，但就詞彙色澤的呈現而言，卻能替作品之意涵著上一種間
接、轉折之效用。而此種語詞屬於歷史書面語之詞彙，是以亦可輔成
作品典雅之風格。

　　此種詞彙於《清真集》中出現的頻率甚高，於同一作品之中，我
們往往可以一連得見數個此種替代性詞彙，如〈齊天樂〉：

綠蕪凋盡臺城路，殊鄉又逢秋晚。暮雨生晚，鳴蛩勸織，
深閣時聞裁翦。雲窗靜掩。歎重拂羅裀，頓疏花簟。尚有
練囊，露燭清夜照書卷。　　荊江滯留最久，故人相望處，

離思何限。渭水西風，長安亂葉，空憶詩情宛轉。憑高眺遠，正玉液新篘，蟹螯初薦。醉倒山翁。但愁斜照歛。

詞中直接引用成詞的替代性詞彙，如：

△「綠蕪」──叢生的草地──「孤城覆綠蕪」（白居易〈東南行一百韻〉）

△「練囊」──粗絲織品做的袋子──《晉書‧車胤傳》：「胤恭勤不倦，博學多通。家貧不常得油，夏日則練囊盛數十螢火以照書，以夜繼日焉。」

△「蟹螯」──螃蟹──《晉書‧畢卓傳》：「卓嘗謂人曰：『得酒滿數百斛船，四時甘味置兩頭，右手持酒杯，左手持螯，拍浮酒船中，便足了一生矣。』」

△「山翁」──山簡──「傍人借問笑何事？笑殺山翁醉似泥」

周邦彥此種替代性的用典方式，大抵只在摭拾舊有的鴻采，以使文章典麗華美，以烘托深婉之氣氛，並未多添入更深刻的哲理意涵或是更為細緻的情境。而此舊有之鴻采，並非任何階層之讀者皆能習知者，再加上詞中其他方式組合以成的典故如「深閣時聞裁剪」、「羅襦」、「渭水西風，長安亂葉」等語詞、典故詞彙前後的用語深折──如「蟹螯初薦」之「薦」、「綠蕪凋盡臺城路」之詞序錯出──皆不斷地干擾讀者閱讀時的流暢性，是以雖然詞面的典雅風格大為增加，但在詞義上卻造成一種滯澀之感。《清真集》中除此之例外，〈風流子〉「楓林凋晚葉」、「新綠小池塘」二首、〈水龍吟‧梨花〉、〈夜飛鵲‧別情〉皆能得見類同之現象。

而柳詞中此種替代性詞彙不若周詞中多，所用者亦較為一般讀者所熟知者，如代指男女歡愛情事的「雲跡雨蹤」、指述深邃繡房之「洞房」、形容女子容顏絕美的「傾城傾國」。〔註4〕此外，一詞中同時出

〔註4〕柳詞中祝壽之詞與遊仙之詞中所用之典故詞彙較為冷僻，但一來此類詞作不多，二則其典故詞彙如「閬風」、「金桃」、「寶輦」等詞彙

現數個替代性典故詞彙以及其他組構方式之典故詞彙的詞作不如《清眞集》來得頻繁，再配合上詞彙前後用字的朗然——如「園林晴晝春誰主，暖律潛催」，代指溫暖節候的「暖律」在「晴」字、「春」字節候的題點下，詞意甚是容易掌握——，則閱讀時的流暢性未被阻斷，亦未能造成整體詞義上的隱曲幽折。

（二）在字序上稍作調整或更替、縮減、增入部分的字詞

1、呈現複雜的語言結構

周邦彥此種構作手法於作品中時能得見，並往往呈現出較之原句更爲複雜的語言結構。詞例如：

△故人<u>剪燭西窗</u>語〈鎖窗寒‧寒食〉——何當共<u>剪西窗燭</u>，卻話巴山夜雨時。（李商隱〈夜雨寄北〉）

李商隱原詩中，「剪」與「話」爲兩個動詞分屬兩個動作，故詩句以動詞爲中心分列兩句。周之改換，則將二句併合成爲一個句子。李商隱之原句，「西窗」爲「燭」之定語，形成一個詞組，作爲「剪」之賓語，則此句之語法結構爲：時間疑問詞＋動詞＋附帶處所詞之賓語，頗爲清晰簡易；周邦彥則提「燭」字於前，作爲「剪」字之賓語，再挪處所詞「西窗」於後，作爲「剪」字之處所補語，「剪燭西窗」則成一個帶有補語動詞性詞組，作爲「語」之狀語，全句之語法結構爲：主語＋動詞性詞組之狀語＋動詞（或爲主語＋動詞性詞組之定語＋賓語），將李詩二句中的兩個動作濃縮於五字之中，字少意多、結構複雜。

△<u>雁背夕陽</u>紅欲暮〈玉樓春〉「桃溪不作從容住」——蝶翎胡粉重，雁背夕陽多。（溫庭筠〈春日野行〉）

溫庭筠詩原句「雁背夕陽多」爲一形容詞謂語句，結構爲「主語＋謂語」：「雁背夕陽」爲主語，「多」爲「謂語」，其中，「雁背夕陽」

重覆出現之頻率甚高，是以其繁複代指之特色不如周詞來得濃厚。

爲一詞組，乃是定語「背夕陽」與主詞「雁」省略（省略「之」）兼倒裝而成。周邦彥化用之後，將原來之形容詞謂語句改爲動詞謂語句，原來之定語「背夕陽」於此分別成爲動詞與賓語，所強調者，不再是雁的多寡，而是雁子所處之空間背景的狀態。周詞結構爲「主語＋動詞＋賓語」，而賓語的結構複雜了些。「夕陽」既爲「雁」之賓語又爲「紅欲暮」之主語，乃具有兼語之性質。「紅欲暮」爲形容性詞組，成爲「夕陽」的謂語，在省略（省略「天」字）之後，成爲「夕陽紅欲暮」（原始完整句應是「夕陽紅天欲暮」）。

　　△嘆重拂羅裀〈齊天樂〉——裀褥重陳，角枕橫施。（司馬相如
　　〈美人賦〉）

原典「裀褥重陳」只是單純之動詞與賓語的倒裝，但此處將原句中並列式詞彙「裀褥」改爲偏正式詞彙「羅裀」，特指絲織的被褥，字義上增加了精美之形象與意蘊，結構上取消倒裝，加上一個動詞領調字「嘆」，則「重拂羅裀」成爲一個動詞性詞組，作爲「嘆」的賓語，結構較之原句複雜了些，也增加了訊息的承載量，事物的形象愈趨精美。

　　△沉恨處，時時自剔燈花。〈渡江雲〉——滿園芳草年年恨，剔
　　盡燈花夜夜心。（唐彥謙〈無題詩〉）

原典皆以兩個詞組並列成句，句意由上下文間的因果性得知。周邦彥以之入詞，則直接拈出「恨」，與「沉」結合爲偏正性詞彙，再與處所詞結合爲名詞詞組，下句「時時自剔燈花」則改原句之「動詞＋賓語」爲「狀語＋主謂詞組（主詞＋動詞＋賓語）」之句型，透過句型之轉變將字義壓縮於六字之間。這種更改字序或更易一部分字詞之方式，除了結構轉趨複雜外，亦使詞作呈現了穠密的語言風格。

　　2、情意性功能增加

　　典故中的人物進入作品中，則大抵皆有類喻之作用，若再更動其中的形容詞或定語，則會增加字詞間的情意性功能。其中不免有些字詞爲了合韻之需要方作語詞之變更，故詞彙之意涵仍大抵承自原典，

並無太大的更動，周詞詞例如「吟箋賦筆，猶記燕臺句。」(〈瑞龍吟〉)，
〔註5〕但部分的詞例，更動字詞乃爲意義上之需要，若爲此種更動，
則意義自然與原典之意互有相異之處。周詞中甚多借此一構作手法烘
染作品情境者。詞例分析如下：

　　△付與高陽儔侶(〈鎖窗寒・寒食〉)──酈食其見劉邦時，自稱
　　高陽酒徒。(《史記・酈生傳》)

「高陽酒徒」有類喻之作用，就詞面字意而言，乃爲一種與如今
衰老闌珊相互對顯之縱情取樂的生命型態，但此亦隱隱摹繪出詞人曾
經年少輕狂的過往形象。由於字詞之更替，更易後句子之意涵與原詞
稍有出入。原句之「高陽酒徒」乃酈食之自稱，展顯出其豪狂不羈之
個人姿態，周邦彦保存「高陽」一詞，而一改「酒徒」爲同義複詞之
「儔侶」後，原有高陽之徒豪狂的姿態與形象仍然存留著，但此種更
動已將原來獨來獨往之形象變易爲眾人杯觥交錯之群體活動，指述了
昔時舊日一起縱情揮霍年華的友朋。此種更易在輕狂之外復增添了繁
華熱鬧之景況，然而，「付與高陽儔侶」一添入「付與」一詞，則既
寫時光之消逝，亦反襯了自身今日之孤獨蕭索。若我們再承續著換頭
處的「遲暮」之慨以及下文「想東園、桃李自春，小脣秀靨今在否？」
之人事已非的揣想，則此處所言之輕狂又不免蘊含了無限的嘆逝與人
事滄桑之感。雖是小小之更動卻增添了「多」與「寡」之詞義上的對
比張力。

　　△并刀如水，吳鹽勝雪，纖指破新橙。〈少年遊〉──「焉得并
　　州快剪刀，剪取吳松半江水」(杜甫〈戲題王宰畫山水圖歌〉)

〔註5〕此用李商隱〈燕臺詩〉之典故。李商隱有〈燕臺詩〉四首，分詠春、
　　　　夏、秋、冬。有一位名爲柳枝的洛陽姑娘，讀了此四首詩之後，對
　　　　李商隱產生了愛慕之情，(見李商隱〈柳枝詩序〉)。周邦彦詞中亦借
　　　　此喻己當年於京城所寫之詩詞受到當地歌女喜愛，意涵與原典相
　　　　同，但此詞押第四部「御、遇」仄聲韻，爲押韻故則將「燕臺詩」
　　　　更易爲「燕臺句」。

　　杜甫此詩頗得反常合道之效果。畫上的江水氣勢威壯，若要阻斷其奔騰如練的江水，需得并州出產的鋒銳刀剪方能斷絕。周邦彥化用此句只拾取了刀剪閃亮如一泓秋水之視覺意象，鋒利之意由反射之光芒及下文之「破」字間接引出，並未直接強調刀剪之銳利。再與下文之鹽如白雪、雙手細巧的意象相結合，意象之色彩由原典之銳勁一轉而爲晶澈明亮，意涵之轉變令作品立呈馨軟之情境與婉麗之風格，情意性功能與原典相去甚遠。

　　△漸暗竹敲涼〈憶舊遊〉——露荷香自在，風竹冷相敲。（鄭谷〈池上詩〉）

　　原典將竹子擬人化，風吹故竹相敲，亦見知竹之寒冷。周邦彥之改寫則以副詞「漸」字作爲領調字帶起三個四字句，擬人化之意仍在，但嬉戲之意消失，而顯沈靜、肅然之氛圍。暗竹漸漸敲出了一股涼意則點出了節候之漸變轉移，此種時間上的動態性進程意涵亦爲原典所不具備者，是以周邦彥之轉化改變了作品之氛圍，亦增添了新的意蘊。此種詞例尚多，只要稍微披閱《清眞集》便不難得見。

　　柳詞中之詞例以全引成詞者較多，而類周詞作字序上之變化、調整的構作手法較少，如：

　　△皇都今夕知何夕。〈玉樓春〉——今夕何夕，見此良人。（《詩經・綢繆》）

　　△是處紅衰翠減，苒苒物華休。〈八聲甘州〉——此花此葉常相映，翠減紅衰愁殺人。（李商隱〈贈荷花〉）

　　△千里火雲燒空。〈過澗歇近〉——千里火雲燒益州。（李商隱〈送崔珏往西川〉）

　　△悲莫悲於輕別。〈傾杯〉「離宴殷勤」——悲莫悲兮生別離。（屈原〈九歌・大司令〉）

　　△衣帶漸寬終不悔。〈鳳棲梧〉——相去日已遠，衣帶日已緩。（古詩十九首）

這些詞例在結構上大抵同於原詩，所更易之部分甚少，或者僅將原句省略的字詞拈出並稍作更動，如「今夕（是）何夕」→「今夕知何夕」；或是更替賓語，如「千里火雲燒益州」→「千里火雲燒空」；或是更替虛字再稍微簡化謂語，如「悲莫悲兮生別離」→「悲莫悲於輕別」，不論變更之部分爲何，結構皆甚爲清晰明朗。只「衣帶漸寬終不悔」之句將原句「衣帶日已緩」之「主語＋謂語（狀語＋動詞）」改爲「主語（主詞＋補語）＋謂語（狀語＋否定義動詞）」，結構稍呈繁複外，大部分的例句沒有趨於複雜之傾向。而在氛圍上的烘托上，大抵承襲原典，以抒寫一己當下之感，直抒胸臆而少作情境上的翻迭變化。

（三）拾取故事或詩中之意重新造詞

詞人之所以重新拾取故事或詩中之意重新造詞，而非援引成辭，其最基本之意圖乃在藉用典故中之既定事件、經驗以結合自身經驗而抒寫當前懷抱。由於典故之意涵已先經過詞人的消化與選擇，重新凝鑄之詞彙已非原典中之詞彙，所以情意性功能自然強於指代性功能。周詞中此種詞彙多能透過各種表現手法或深化詞意或烘托特定的情境與氛圍。

1、桃溪不作從容住，秋藕絕來無續處。〈玉樓春〉

比例援用劉義慶《幽明錄》之典。東漢時劉晨、阮肇兩人去天臺山採藥，因飢渴而登山食桃、就溪飲水，在溪邊偶遇兩位仙女，相愛成婚。半年以後兩人思家求歸，出了山，才知已過了三百多年，二人後又入山不知所終。周邦彥運用此典，以簡單的「桃溪」帶出一段美好的遇合，終因他無法久留一別佳人之後再無相見之日，一如劉晨、阮肇之無緣久住仙山，並亦以此暗喻女子之佳秀如仙山中之女子。女子愈靈慧，則此種分離則益惹人悵惘。此例乃以一對句寫歡情之離散，「桃溪」對「秋藕」，亦隱隱以春天事物之蓬勃對映秋天事物之凋零，如此用典及構詞組句甚能表達豐富之意蘊以及傳遞對一段美好情事不能忘懷的幽恨。

2、暗黃萬縷，聽鳴禽按曲，小腰欲舞。〈掃花遊〉

白居易有一歌妓名曰樊素，善於歌唱舞蹈，白居易曾作詩曰：「櫻桃樊素口，楊柳小蠻腰。」白居易之詩寫女子之歌聲美好，體態輕盈。周邦彥一轉，以之寫風雨即將來臨之景，而以擬人化之方式摹繪此景。將白詩中女子之歌聲轉化爲柳樹中一隻鳥兒輕脆婉轉之聲，女子體態之纖巧轉化爲柳條輕柔之姿態，此種轉化生動地描繪了暮春欲雨之景。但此詞爲春游懷人之詞，懷人之主題直至上片之末的「一葉怨題」方始點出，則綰合主題來看，此處轉化白居易之典故以摹繪之春景，或亦未曾失卻原典之主旨，而亦隱隱指涉了思念之人能歌善舞之特點，若此，則以景興情，甚能烘托出一種含蓄曲折之情境。

3、正拂面、垂楊堪攬結，掩紅淚、玉手親折。〈浪淘沙慢〉

此典出處有二，一爲王嘉《拾遺記》載：「文帝（曹丕）所愛美人姓薛，名靈芸……聞別父母，歔欷累日，淚下沾衣。至升車就路之時，以玉唾壺承淚，壺則紅色。既發常山，及至京師，壺中淚凝如血。」亦用了《麗情集》中：蜀妓灼灼以軟綃聚紅淚寄裴質。此詞以「紅淚」喻女子與情人泣別之眼淚。其化用二典，則用前典中女子歔欷數日而泣下紅淚之景喻女子情深難捨，但將女子泣別之對象由父母轉爲情人；結合後典，則復帶出「軟綃」，以此物質精美之質感以喻女子、情感之美好的特質。隨後，立時點出掩淚、折柳之手臂乃爲「玉手」——潔白如玉之手，不僅在色彩上與「紅」字形成鮮明之對比，更加喻示了此女子、此段情感之珍貴美好的品質。周邦彥使用數個典故之意涵重新融鑄成詞之例尚多，舉此三例以明其間情意性功能多勝於指代性功能，集中類此詞例用典，凸顯了周詞此種甚多傾向。

柳永詞集中亦多有此種化用典故之例，如「韓娥價減，飛燕聲消」（〈合歡帶〉）分用了兩個典故，一爲《列子・湯問》篇中之典故：「昔韓娥東之齊，匱糧，過雍門，鬻歌假食；既去，而餘音繞梁欐，三日

不絕。」一為《漢書·外戚傳》：「孝成趙皇后，本長安宮人。……及壯，屬陽阿主家，學歌舞，號曰飛燕。成帝嘗微行出過陽阿主作樂。上見飛燕而說之，召入宮，大幸。有女弟復加入，俱為倢伃，貴傾後宮。」原典中韓娥為一善歌之女子，趙飛燕亦擅長歌舞，柳永用此二典以喻所識之女子：「韓娥價減，飛燕聲消」。兩相比較之下，詞人心儀之女子尤勝韓娥與飛燕，以「價減」、「聲消」反襯此女子佳美之質。雖用典，意蘊卻有翻新之處，典故入詞頗能抒情達意，非只是堆砌典故以之美化詞面。柳詞中此種用典方式甚多，〔註6〕亦多能展現化用典故之情意性功能。

此三種用典方式，依照排序，情意性功能乃漸次增加，周、柳俱同；而在結構上，只要不是全引成詞或是重新造詞，在調整前人既成之詞彙、詩句上，周詞往往呈現了更為複雜的語言結構，此與柳詞之疏朗頗為不同，此現象亦為周詞風格繁複縝密之一項成因。

此外，自語義觀之，將數個典故之意集中概括於一個詞、詞組或句子之中亦能達到簡練之語言效果，文字意涵的蘊藏量將可不斷的增加與擴充，以容納更多的事件及情感，義蘊豐富，頗能助成婉麗典雅的風貌，二人此基本風貌相同。但二人所用之典仍有其別異之處，周詞所用者較為冷僻，而表現手法含蓄而隱約，柳詞則直接扣題，意蘊甚是明暢，讀者當下接收訊息的速度較為快速直接，此即構成了二人蘊藉與明快之兩種個殊的語言風格。

二、轉化原典之時空流程，以中斷作品之意脈

周詞除了使用許多較為冷僻的替代性詞彙致令詞作意脈阻帶之外，亦會在援用典故時改變原典之時空流程以中斷作品之脈絡。如〈鎖窗寒〉一詞便是一個典型的例子，我們先將〈鎖窗寒〉一詞謄錄於下：

〔註6〕關於《樂章集》中的用典，葉慕蘭於《柳永詞研究》一書中有甚多之例證，可以參見。

> 暗柳啼鴉，單衣佇立，小簾朱戶。桐花半畝，靜鎖一庭愁
> 雨。灑空階、夜闌未休，故人剪燭西窗語。似楚江暝宿，
> 風燈零亂，少年羈旅。　　遲暮。嬉游處。正店舍無煙，
> 禁城百五。旗亭喚酒，付與高陽儔侶。想東園桃李自春，
> 小唇秀靨今在否？到歸時、定有殘英，待客攜尊俎。

前文已提及，作品中之「剪燭西窗語」乃轉化李商隱〈夜雨寄北〉
一詩中「何當共剪西窗蜀，卻話巴山夜雨時」二句。若我們將著眼點
放大不再只限於單一的句子，便可發現原典與周邦彥此作其虛、實之
景的變化與時空流程實大異其趣。

李商隱的〈夜雨寄北〉「君問歸期未有期，巴山夜雨漲秋池，何
當共剪西窗燭，卻話巴山夜雨時。」由「巴山夜雨」（實景）→「剪
燭西窗」（想像中的虛景）→「巴山夜雨」（想像之虛景中的虛景）三
個層次連綴起一個畫面。儘管虛實交替，但「詩人構思中的思維之流
卻準確而流暢地傳到了讀者的心中，形成了流動不滯的圖景」。〔註7〕
但觀〈鎖窗寒〉一詞，周邦彥在轉用典故之後，將「剪燭西窗」由想
像中的虛景轉化爲眼前的實景，而將杜甫〈船下夔州郭宿雨溼不得上
岸，別王十二判官〉之「風起春燈亂，江鳴夜雨懸」之實景改寫爲「似
楚江暝宿」以成追憶中的虛景。下片換頭處之「遲暮」至「禁城百五」
爲眼前之實景，而「旗亭喚酒」至「付與高陽儔侶」是追憶中的虛景，
「想東園桃李自春」至「待客攜尊俎」爲設想中之虛景。其虛實之變
化雖不如李商隱之虛中有虛，呈現一立體之虛幻景象，但虛實之間的
轉遞甚多：實→虛→實→虛→虛，而其化用典故之際，卻轉化原來之
虛爲實，轉原來之實爲虛，用心甚巧。

而結尾之處的虛景又有異時異地之區隔——「現在東園中的
桃、李之花想必已經盛開，但不知當年之佳人今於何處？」此是同
時異地的設想之詞；而「等到歸去之時，想必還會有殘留的花朵，
等待我攜著美酒前去觀賞吧！」則爲異時異地的設想。（與上句設

〔註7〕此乃葛兆光氏之語，參見氏著，《漢字的魔方》，頁156。

想之詞同地，而與當前所處之境爲異地）。易言之，此詞以時間爲主軸串連、各種空間、心靈場景，時間呈現方式爲：現在→過去→現在→過去→現在→過去→未來，而在不同的時間中，空間、景物一直隨著時間遞換。

由於不同的時空、不斷變化的虛實之景同時出現於作品之中，因此由作者之創作（發訊）乃至於讀者之閱讀（解碼），所有的時空場景將在一個新的秩序下重新組合，而此詞例中極爲繁複的虛實變化與時空遞轉，終令讀者於解讀訊息時出現了異解。陳洵〈海綃說詞〉云：

> 「遲暮」鉤轉，渾化無跡。以下設景、設情，層層脫換，
> 皆收入「西窗語」三字中。〔註8〕

陳洵之意爲：下半闋均爲與故人西窗夜語之內容，此種看法則將詞作虛實之境簡化爲：實→虛。之所以出現不同的解讀方式實則反映了周詞此作頗易予人模糊難解之閱讀感受，亦即詩人構思中的思維之流無法準確而流暢地傳到讀者心中。易言之，乍讀此詞之際，只見片斷圖景不斷閃耀於眼前，但這些圖景以何種方式串接則可能出現各種不同之看法。簡言之，周詞之手法造成了意脈的飄渺朦朧，致令讀者之閱讀思維中斷、散落，讀者必得反覆地重新吟詠並追索時空之間的關連性方能掌握詞中意脈。如此一來，對在閱讀時偏好當下即能透過作品立時興發情懷的讀者而言，則無法獲致立時的心理快感，但對於喜好反覆吟詠以細細追索其間意蘊的讀者而言，此種意脈不夠流暢清晰的作品適巧提供了絕佳的咀嚼內涵，可供其不斷地轉換聯想內容以及揣摹作品與作者社會宇宙之背景的聯結關係。

再如被題爲壓卷之作的〈瑞龍吟〉：

> 章臺路，還見褪粉梅花，試花桃樹。愔愔坊陌人家，定巢
> 燕子，歸來舊處。　黯凝佇，因記箇人癡小，乍窺門户。

〔註8〕見《詞話叢編》第五冊，頁4866。

侵晨淺約宮黃，障風映袖，盈盈笑語。　　前度劉郎重到，訪鄰尋里，同時歌舞。唯有舊家秋娘，聲價如故。吟牋賦筆，猶記燕臺句。知誰伴，名園露飲，東城閒步？事與孤鴻去。探春盡是，傷離意緒。官柳低金縷。歸騎晚，纖纖池塘飛雨。斷腸院落，一簾風絮。

周濟以爲此乃崔護〈題都城南莊〉之「人面桃花」的「舊曲翻新」。〔註9〕崔護原詩爲：

去年今日此門中，人面桃花相映紅。

人面只今何處去，桃花依舊笑春風。

此詞一改崔護詩順敍之寫法而爲倒敍之手法，時間之移轉與景物之虛實爲：現在（實景，又綴以「還見」、「舊處」，暗藏昔時之意）→過去（虛景）→現在（實景＋虛景），而後頭之「當前」之行爲──「訪鄰尋里」──依理而言，其時間發生之早晚乃在前處之「現在」──「還見褪粉梅梢」之前，是以前後處之「現在」實亦有時間早晚之別，而爲另一層次之倒敍。此種時空上之變化造成了一種波瀾起伏之感，讀者接收訊息之速度依然因此而有所停緩、延宕。〔註10〕

柳詞中則不會有如此之現象，其大抵皆爲平舖直敍之法，時空之變化少有今、昔、未來交織錯綜者，柳詞此種筆法特色，前人論述已詳此不再贅言。〔註11〕

總結二人用典之特色，柳永所用之典爲常用詞語，周之用典較爲凝重，凝重則顯典雅蘊藉，通俗則顯淺近清新。而藉由化用典故作結構上之更易，或更動原典之時空流程，周詞呈現了繁複縝密、意脈錯迭之現象，此正爲其詞隱曲含蓄之要因。

〔註9〕周濟於《宋四家詞選》中云：(〈瑞龍吟〉「章臺路」) 不過桃花人面，舊曲翻新耳。看其由無情入，結歸無情，層層脫換，筆筆往復處。(見《詞話叢編》第二冊，頁1646)。

〔註10〕部分之詮釋參見楊海明，《唐宋詞的風格學》，頁82-84。

〔註11〕柳詞此種構作特色，可以參見楊海明，《唐宋詞的風格學》，第七章〈柳永慢詞〉以及林玫儀之〈柳周詞比較研究〉。

第二節　《清眞集》中的領調字

　　詩與詞二者在形式結構上最大的不同，最明顯的特徵自然要推屬一爲齊言，一爲雜言──一眼即能覷分的外在體貌特徵；但事實上，詞作中所隱藏著的領字結構，方是詩與詞分道揚鑣、自成不同體式、各具不同美學特質之不可忽略的一項要因。「領調字」一詞與語法概念上的「虛詞」一詞二者意涵並不相等：「領調字」可以是「虛詞」中的副詞（如「更」、「正」），可以是介詞（如「自」、「向」），也可以是實詞中的動詞（如「料」、「想」、「問」、「莫是」），或是詞組（如「更能消」、「最無端」）等，不論詞性爲何，其功能皆在於「承上啓下，領起一組意象」，作爲呈現完整之意義單位的一個標誌。〔註 12〕由於「領調字」與其他虛詞或一般動詞的構句功能並不完全相同，是以應當予以獨立，專闢一個章節加以條析說明各個領字的語法功能並闡明周邦彥在運用此種詞彙時所展現的獨特風貌。

一、虛字領調字

　　漢語的詞類之所以要別分虛實，原因在於此種劃分突顯了漢語詞類的特點，尤其是虛詞詞類的設立，更讓人易於明白漢語語法的組合特點。一般而言，虛詞不能單獨的被運用著，也不能作爲詞組和句子的成分（指不能作句中的主語、謂語、賓語、等成分），「在和其他詞組合成詞組或句子時，位置往往是固定的」。〔註 13〕然而，我們檢查一下詞作中的領調字如「正絮翻蝶舞」（秦觀〈望海潮〉）的「正」字爲時間副詞；「但寒煙衰草凝綠」（王安石〈桂枝香〉）的「但」字是轉折連詞；「況當年計定，昭陵與子，勳勞在諸公上。」（黃庭堅〈鼓笛慢〉）的「況」字是遞進連詞；「向玉霄東望，蓬萊晻靄，有雲駕驂風馭。」（蘇軾〈水龍吟〉）的「向」字是處所介詞。〔註 14〕不論是副

〔註 12〕參見蔣哲倫〈詞中領字〉一文，文見《第一屆詞學國際研討會》（台北：中央研究院文哲所，1994），頁 75。
〔註 13〕程祥徽、田小琳著，《現代漢語》，頁 255，。
〔註 14〕詞例參見《全宋詞》頁 455、204、387、277；各虛詞之分類及名稱

詞、連詞或介詞，雖然不能作爲句子的主、謂、賓等成分，組句時位置更是嚴格地被固定於詞句之首（至於如何方能不溢出語法的規範與邏輯意義，則有賴於後方詞彙的變化與調整），但是在語氣上可以與緊接其後的詞組斷開，彷若單獨地被運用著，此爲齊言的詩歌所無，反倒與散文中虛字的用法相近。然而，散文中置於句中的虛字在詞中作爲領調字使用時，位置必須提前至句首以配合音樂、合於格式。〔註15〕如此一來，就連屬於虛字的領調字都有著異於其他文學體式中虛字之運用的語法特色，那就更遑論領調字尚可由實詞與詞組擔任了。由此可知，領調字確爲長調詞作所獨有的句法特點。下文則按虛詞的種類依次對《清眞集》中屬於虛詞的領調字作一歸納及說明，試圖發掘周邦彥所偏好的領調字，以及這些詞彙在詞作中的功能與作用。

（一）副詞領調字

《清眞集》副詞領調字茲列表如下：

〔案〕：各個領調字之後的數字爲《清眞集》中以此字作爲領調字之次數；小括號（）中的資料爲詞牌名及詞作首句之揭示

	例　　　詞
表示程度	漸6——「漸暗竹敲涼，疏螢照曉，兩地魂銷。」（〈憶舊遊〉「記愁橫淺黛」） 更1——「更花管雲牋，猶寫寄情舊曲」（〈蕙蘭芳引・秋懷〉「寒瑩晚空」）

參見程祥徽、田小琳著，《現代漢語》268-283。

〔註15〕如「正絮翻蝶舞」（秦觀〈望海潮〉）的「正」字，在散文句中鮮少置於句首者，例如：「象鄂不懌，曰：『我思舜，正郁陶』」（《史記・五帝本紀》）；「丞相嘗夏月至石頭看庾公，庾公正料事。（《世說新語・德行》）之「正」字皆置於句中。又如：「向玉霄東望，蓬萊晻靄，有雲駕驂風馭。」（蘇軾〈水龍吟〉）的「向」字在散文句中也極少出現於句首，前頭一般皆有主謂語的引領說明，例如：「西門豹簪筆磬折，向河立待良久。」（《史記滑稽列傳》）；「餘虜走向落川，復相屯結。」（《後漢書・段熲傳》）；「秦並趙，北向迎燕。」（《戰國策・燕策三》）三例的「向」字皆位於句子之中。

	甚 2──「甚驅馳利祿，奔競塵土。」（〈黃鸝繞碧樹〉「雙闕籠佳氣」）
	選甚 1──「選甚連宵徹晝，再三留住。」（〈留客住〉「嗟烏兔」）
表示時間	正 6──「正拂面垂楊堪攬結，掩紅淚，玉手親折。」（〈浪淘沙慢〉「曉陰重」）
表示語氣	怎向 1──「怎向言不盡，愁無數。」（〈感皇恩〉「露柳好風標」）
	怎生向 1──「怎生向，總無聊，但只聽消息。」（〈雙頭蓮〉「一抹殘霞」）
	怎奈向 2──「怎奈向，蘭成憔悴，樂廣清羸。」（〈大酺·春雨〉「對宿煙收」）
表示重複、連續	又 1──「又酒趁哀絃，燈照離席。」（〈蘭陵王·柳〉「柳陰直」）
	又還將 1──「又還將，兩袖珠淚，沈吟向，寂寥寒燈下。」（〈塞垣春〉「暮色分平野」）（將是時間副詞））
表示肯定、否定、估量	終不似 1──「終不似，一朵釵頭顫裊，向人欹側。（〈六醜·薔薇謝後作〉）
	恐 1──「恐斷紅尚有相思字，何由見得。」（〈六醜·薔薇謝後作〉）

　　副詞尚有表示情貌（如「依舊」、「照」、「偶」）、表示範圍（如「只」、「總」、「都」）兩種，此二類副詞於《清眞集》中也時常可見，但是周邦彥皆不以其作為領調字，此中原因或許是由於「約定俗成」──歷來詞人皆鮮少以之為領調字，也或許是此二類貌詞的音韻聲調及對情意、景物的概括貫連能力不如其他種類的副詞，更或只是屬於不明其由的個人抒寫習慣，故不為周邦彥所習於使用。

　　就句法而言，領調字的作用在於提挈後方語句，貫串一組意象，而許多副詞由於正含有關聯的作用，能將詞組、句子組合在一起關聯以連接上下文意，所以很適合也極為自然地成為領調字，擔任起前後句子之任務。由領調字所領起的句子可以是一個單句，也可以是兩個以上的分句所組成的複句。這些複句之間的連繫關係大約可以分為四

種：(一)並列鋪排(二)層進敍述(三)比照映襯(四)回環互注。〔註16〕

在探索領調字所關合之複句之間的連繫關係之前，我們不妨先析論其中的意義內涵，以利於判斷句與句之間的連結關係。當周邦彥以副詞作爲領調字時所領起之句的內蘊可以整理成以下數種：(一)或以景物暗點時序的變化(二)敍寫人物之動作、經歷與情意的變化(三)或描摹現實世界中爭奪名利、歌宴歡飲之各類情狀。此爲概略性之區分，周氏在實際抒寫時又有許多細部的變化。

先談程度副詞。當周邦彥以輕微程度副詞「漸」作爲領調字以領起一串分句時，〔註17〕情感的程度亦是輕微低抑的、隱藏性的，其間的詞意筆法往往是：接連使用數句景語以盪離原有的主題，並以之緩合前後詞句所宣發出來的強烈情感，由此造致情景相生的頓挫章法。例如〈蘭陵王‧柳〉「柳陰直」一闋第三片過片處：

> 悽惻，恨堆積。漸別浦縈迴，津堠岑寂，斜陽冉冉春無極。
> 念月榭攜手，露橋聞笛。沈思前事似夢裏，淚暗滴。

在「漸」字所領起的句子前後，離別之「恨」與思念懷想之情皆極爲凝重，若非不斷地堆累聚積，即是無止盡的懷念與追憶舊事。其中「漸」字所領起之三句，恰正適時的以景物盪開，不再一任情緒漲漫不止，於是此四韻之中，情緒的表現及輕重，乃是一重、一緩、再一重，由此遂產生了情感上波瀾跌起的沈鬱之美。

此外，周邦彥雖以「漸」字領起當前景物，但卻有另外一種表現情感的方式：先以暗寓時序變化的景物蘊蓄情感，情感在不斷的堆累之下終將隨著文字篇幅的延綿拓長，而後越過臨界點溢湧成情意的波濤海瀾。例如〈丁香結〉「蒼蘚沿階」中的前半片：

> 蒼蘚沿階，冷燭黏屋，庭樹望秋先隕。漸雨淒風迅，澹暮

〔註16〕這四種關係爲蔣哲倫所提出，相關論點參見蔣氏〈談詞中領字〉一文，收錄於《第一屆詞學國際研討會》一書中，頁74-75。
〔註17〕程度副詞之分類乃據楊愛民編著、吳福熙審訂，《文言虛詞類釋》(甘肅：甘肅教育出版社，1991)一書，詳細字例參見是書頁55。

色，倍覺園林清潤。漢姬紈扇在，重吟玩，棄擲未忍。登
山臨水，此恨自古，銷磨不盡。

此例先以三個分句敘寫眼前所見之景物，下個韻再以「漸」字領起，說明當前暮色因風雨漸來更添淒清濕冷之感。其後復藉著班婕妤失寵的歷史典故暗喻一己之遭遇並抒嘆心中之感懷。此闋詞的低抑情感正是先輕微地蘊藏在對景物的敘寫之中（秋之「隕」），並依循著景物的遞變（「風淒雨迅」、「暮色」、「清潤」）以及歷史人物的聯想（見棄之「漢姬紈扇」），適時地點引出謫遷離鄉的主題。

不論「漸」字所帶領之景句表現了何種情意功能，這些以「漸」字所領起的一組景語，其間的關係大抵都是並列鋪排的。

程度副詞中之「甚」、「選甚」屬於最高度的程度副詞，「更」是比較性的程度副詞。因爲這些字詞的語氣程度皆較「漸」字來得強，所以在詞中的抒情作用便異於「漸」字的隱含性及低抑性，而有一開始飛揚的姿態。如果說由「漸」字所領起的韻句在文中的抒情強度正位於峰與峰間的谷底，那麼由「甚」、「選甚」、「更」所領起的韻句，其抒情的強度則是位於向山頂行去的坡間，情緒的弧線隨著領調字情意功能的輕重程度正向峰頂迫近中，或者即正是位於峰之頂。如〈黃鸝繞碧樹〉「雙闕籠佳氣」下半闋：

> 草莢蘭芽漸吐。且尋芳，更休思慮。這浮世，甚驅馳利祿，
> 奔競塵土。縱有魏珠照乘，未買得，流年住。爭如盛飲流
> 霞，醉偎瓊樹。

慣常地亦先從當前的景物寫起，詞人對於早春草木茁生之美興起了潛在的生之喜悅。由對生命與時光的警醒與依戀，反思目前一己之存在現況，進而逼顯出世俗生活的殘漬與拘執而終有遁居山林流連雲影霓霞的避世之想。情緒的沸點在於借用《史記》之典故所引帶出的慨嘆──慨嘆縱使持有戰國時代魏國所擁有之能夠照明前後各十數輛馬車的寶珠，也「未買得，流年住」。〔註18〕後頭的「爭如」所帶

〔註18〕「魏珠照乘」的典故詮解參見金啓華主編，《全宋詞典故考釋辭典》

起之句是沸點之後的降溫冷息之法，前面「甚」所引領的句子則是助火之薪。由於詞人對塵世中爭名奪利的現況有著一分了然及厭倦，遂繼而引發其對時光易於蹉跎、一逝不再的追惜與感觸。至於這類程度副詞所領起之韻句，其間的組織關係若是敘寫現實世界中爭名奪利、歌宴歡飲之各種景況者多爲並列鋪排的結構若是描寫人物之動作、情意之變化者則多爲層進敘述之關係。〔註 19〕

「正」字此副詞之作用在於「表示恰巧，兩件事情在時間、處所、情況、條件方面恰巧相合或相同」。〔註 20〕周邦彥以「正」字爲領調字時，其意蘊皆在指陳人物活動過程中的季節性與時間性。如〈鎖窗寒·寒食〉「暗柳啼鴉」一詞之「正店舍無煙，禁城百五。」；〈早梅芳近〉「花竹深」一詞之「正魂驚夢怯，門外亡已知曉。」都是直點人物當下所面對的時間、節令。《清眞集》中以「正」字領起的詞例共有六個，六例皆是此種用法並無例外。

至於「正」字所領起之句段間的連結關係，因其多半是景物與人物動作、情事的互相搭配，所以組織結構是層進敘述的關係多於並列鋪排的關係。此外，值得一提的是，「正」字與「漸」字的功能屬性雖然不同，但「正」字與「漸」字皆有組織一串景語的相同效用。然而，效用雖同，其中的景物狀態卻有頗爲明顯的差異。「正」字所領起的景語時空靜止在一刹那間，如同一幅畫之於時空狀態的凝結性；而「漸」字所領起的一組景物，則是隨著時間的變化也隨之而有光線的明暗、顏色的轉換、距離的遠近等變化，由於時空是流動的，景物仿如幅幅接續的連環畫，也如錄影機拍攝成的動態畫面。由「正」字所領起的「停格」意象，其後情景的再轉動則有賴動詞詞組或動詞領調字的承接運用。如〈掃花遊〉「曉陰翳」一詞中的「正霧靄煙橫，

（吉林：吉林文史，1991），頁 1149。

〔註19〕除了以上所舉之例外，再如〈南浦〉「淺及一帆風」一詞中的「甚頓作天涯，經歲羈旅，羌管怎知情。」之句，乃是敘寫詞人之謫邊經歷，領調字「甚」之後的句段爲層進敘述之關係。

〔註20〕參見陳霞村著，《古代漢語虛詞類解》（山西：山西教育，1992），頁 336。

遠迷平楚，暗黃萬縷。」其景象是靜態的，句後一轉「聽鳴禽按曲，小腰欲舞。細繞回隄，駐馬河橋避雨。」靜止的世界忽然又開始喧囂活絡起來，詞人至此也彷彿方才記起應該提拉韁繩，策馬尋覓躲雨之處。靜如沈睡的世界全賴「聽」之一字的喚醒，詞中靜態與動態的對比映襯，形成了一次情感上的頓挫。

　　「怎向」一詞若按字面分析當是疑問詞與方位介詞的結合，理應歸於介詞類中，但只要稍加細究〈感皇恩〉「露柳好風標」一詞中之「怎向言不盡，愁無數」便可知此詞並非方位介詞。「向」字的用法除了當作方位介詞之外，楊樹達《詞詮》一書尚列有三種用法：一是動詞，意爲「近也」；一是時間副詞，意爲「昔時」、「舊時」；另一種是假設連詞，意與「假若」相當，這三種用法皆有歷史語料可供參證。〔註21〕然而〈感皇恩〉一詞中「向」字的形態不與上述任一種作用相同，陳元龍注本在此詞之末注曰：

　　　　元本「度」作「去」，「怎向」作「怎奈向」，並非是。案宋
　　　　本柳永《樂章集》〈過澗歇近〉詞過片云：「怎向心緒」；又
　　　　秦觀《淮海詞》〈鼓笛慢〉末句亦云：「我如何怎向」，是「怎
　　　　向」爲當時語可知。〔註22〕

　　由陳氏所引例句來看，「怎向」一詞中的「向」字實際上喪失了原有意義只充作語末助詞使用，與「怎向」相似的「怎生向」與「怎奈向」二詞中之「向」字亦是如此。換言之，與作爲疑問標誌的「怎」字相結合，「向」字轉化爲無義的語末助詞，「怎向」一詞成爲疑問代詞，其語法功能和語氣副詞相當；「怎向」之間插入「奈」字，則轉折的語氣更爲濃厚。楊愛民於《文言虛詞類釋》中云：「無義助詞」是先秦典籍中構詞造句的一種習見的形態」，但是「向」字作爲無義之語尾助詞，此書及一般辭書皆未提及，〔註23〕可見此種用法詩文之

〔註21〕詳細例證參見楊樹達著，《詞詮》（上海：學林，1985），頁156。
〔註22〕見〔宋〕周邦彥著，《清眞集》（台北：學海，1991），頁62、63。
〔註23〕如楊樹達《詞詮》，陳霞村《古代漢語虛詞類解》，程祥徽、田小琳
　　　　《現代漢語》，劉堅、江藍生、白維國、曹廣順《近代漢語虛詞研究》

中鮮少得見，不過楊氏在此書中對於無義助詞的補充說明，可以連帶的解釋「向」字作爲無義助詞的特殊性質：

> ……另外這類詞，一般地在詩歌或整句性的文篇中較多（如《詩經》、《尚書》），而在散文或散句性的文篇中較少（如《左傳》、《論語》），由此似可推知它在構成整齊的句式或唱和性的文辭中不可缺少，但不一定有其確定的實際含義。〔註24〕

對於此段文字，我們可以加以衍生的是：配合詞作的音樂韻調，此類助詞（包括「著」）所形成的領調字表現了詞作本具唱和性的體性特徵，亦爲唱和性的文辭所不可缺少者。此外，以「向」字在詞作中出現的現象看來，這類助詞未必只是整齊的詩體所專有，在句式長短不齊的詞作中仍適合以之連接詞句，並調節句調節奏的緩急，形成與齊言詩歌不同之參差抑揚的聲律之美。

由於「怎向」、「怎生向」、「怎奈向」的語法功能接近語氣副詞，因此其所領起之句多爲詞人心中之感懷，此種感懷，其情緒的強度往往是全篇之中鏤刻最深、最重之處，例如「怎向言不盡，愁無數」（〈感皇恩〉「露柳好風標」）；再如「怎奈向，蘭成憔悴，樂廣清羸」（〈大酺·春雨〉「對宿煙收」）。

接下來我們觀察周詞中「表示重複·連續」的領調字。依《古代漢語虛詞類解》一書中之解釋，「復」、「且」、「更」、「又」等副詞的作用在於：

> 表示兩種以上動作或情況的累進、增續，並常與「既」、「終」相配合，構成「既（終）……又……」、「既……復……」、「既（終）……且……」、「既……亦……」句式。……表示兩種動作同時進行。「又」表示增續，相當於「又」、「還」。〔註25〕

皆未論及「向」字的特殊用法。

〔註24〕參見楊愛民編著、吳福熙審訂，《文言虛詞類釋》（甘肅：甘肅教育，1991），頁323。

〔註25〕參見陳霞村，《古代漢語虛詞類解》，頁293。

　　此書與楊樹達《詞詮》一書所列舉的例句幾乎皆出自於散文著作，僅有的詩歌之例是《詩經‧小雅‧正月》之「終其永懷，又窘陰雨。」──「終」與「又」結合一個固定的句式。此外，陳書例句中尚有與韻文極爲接近的例子：「既欲其生，又欲其死，是惑也」（《論語‧顏淵》）〔註26〕此例中，「又」亦是與其他虛字──「既」──結合成一個固定的句式。由此看來韻文及詩歌中似乎沒有獨用的例子。齊言的詩歌若欲表現重覆加深之情景時慣常使用的虛字是「更」字。〔註27〕循此而論，詞中「又」字的使用方式近於散文句法，但是觀其領調字的作用與上下句之間所特有的音韻節奏、題材意涵，詞的體性又自然歸於詩歌之屬。「又」既爲重複副詞，又且處於詞中領調字之位置，其領起之句所重複者若非自然景象、人事景況的加深連續，即是情感思懷的承接推擴，如「又酒趁哀絃，燈照離席」（〈蘭陵王‧柳〉「柳陰直」）所重複的是過去曾令詞人斷腸的離別酒宴，新愁不去舊愁又來，離情之苦頓時增添了一倍。此「又」字所領起之句復與前片之「曾見幾番，拂水飄綿送行色」之句相呼應，離愁之濃之重疊纏繞、無法得解，由是瀰漫全篇。

　　此外，「又」尚能與另一個重複副詞「還」相結合，二字組合成詞之後，再加上作用近於介詞的「將」字即成爲「又還將」一詞。〔註28〕因表示重複的副詞被接連著使用，所以無可如何的語氣加重了不少。由於「又」、「又還將」等詞的功能接近語氣副詞，因此由其領起之句同於語氣副詞，多爲一闋詞中感慨情緒昂揚之處。

〔註26〕參見陳霞村，《古代漢語虛詞類解》，頁294。

〔註27〕如陳霞村，《古代漢語虛詞類解》中在與「又」同作用的「更」字之下，便列了一首六朝詩例與兩首唐詩詩例，六朝詩例是蕭綱〈擬沈隱侯夜夜曲〉一詩中的「蘭膏盡更益，薰爐滅復香。唐詩詩例，一爲庾肩吾〈九日侍宴樂游苑應令〉一詩中之「御梨寒更紫，仙桃秋轉紅」；一爲王籍〈入若耶溪〉一詩之「蟬噪林逾靜，鳥鳴山更幽」前例見書頁297，後二例見書頁227。

〔註28〕此詞中「將」字的用法異於時間副詞，與作爲介詞的「把」、「拿」、「用」意義較爲接近。參見呂淑湘主編，《現代漢語八百詞》，頁264。

在肯定、否定與擬測一類副詞中，周邦彥只選擇了表示否定與擬測的副詞加以使用。「終不似」之「不」字作否定副詞用。「似」亦爲副詞意同於「像」，亦近於「比」，有「跟……相比」之意，因意近於「比」，所以又與介詞「于」相當，有引進比較對象之作用。〔註29〕如〈六醜‧薔薇謝後作〉中的「殘英小，強簪巾幘。終不似，一朵釵頭顫裊，向人欹側」即以「終不似」一詞帶出盛開之薔薇形象以與勉強別在頭巾上之未及開成的殘花相較。「終不似」與前句「殘英小，強簪巾幘」之「強」字相互對比，突顯了詞人年華老逝、人花相似相惜之情以及薔薇美殘形象的鮮明對比，「終不似」一詞於此有加重語氣、承接句意之功能。此詞對花的憐惜之情並未就此打住，下句「漂流處，莫趁潮汐，恐斷紅尙有相思字，何由見得」對於其他的落花，詞人尙要殷切叮嚀：莫要輕易的隨著潮汐流向大海。何以要如此叮嚀？詞人便繼以表示擬測、不定語氣的「恐」字領起，暗用紅葉題詩的典故說明他擔憂深情的落花錯過了多情的守護之人。此詞擬人化的手法運用得極爲繁複，其意無非在充分的附予薔薇多情的性格，並依此反覆敘寫人花相互依戀之情。寫花之對我有情，實是從對象著筆以暗喻一已傷春、惜春之情。領調字於此，不但具有領起一組意象的作用，亦恰巧的被詞人用來作爲喻詞或比對的副詞，以突顯薔薇人格化之後的性格特徵以及無意中所發現之「殘英」弱小的形象，並且在錦繡紛陳的各式意象後，詞人不經意地披露了其深沈而抑鬱的情感底色。

《樂章集》中的副詞領調字，由於選用字詞、表現方式之不同，亦連帶地呈現了與《清眞集》相異的風格特色。其表格化後的詞例以及出現次數示列如下：

〔註29〕陳霞村，《古代漢語虛詞類解》「似」字條前云：「『似』引進比較對象，用於謂語之後，作用與『于』相同，相當於『比』、『跟……相比』，唐代開始使用。」書中所列舉的句例，亦有詞作之例但「似」字作爲句中虛字使用，並不作爲領調字——「今年衰似去年些。」(劉克莊〈浪淘沙‧旅況〉)，頁 478。

	詞　　例
表示程度	漸 12——「漸秋老、蛩聲正苦，夜將闌、燈花旋落。」（〈尾犯〉「夜雨滴空階」） 更 2——「更寶若珠璣，置之懷袖時時看。」（〈鳳銜杯〉「有美瑤卿能染翰」） 漫 1——「漫恁寄消息，終久奚爲。」（〈駐馬聽〉「鳳枕鸞帷」）
表示時間	正 6——「正月華如水。金波銀漢，瀲灩無際。」（〈佳人醉〉「暮景蕭蕭雨霽」） 正恁 1——「正恁朝歡暮宴，情未足，早江上兵來。」（〈西施〉「苧羅妖豔世難偕」
表示語氣	怎向 1——「怎向心緒，近日厭厭長似病。」（〈過澗歇近〉「酒醒」） 怎生向 1——「怎生向人間好事到頭少。漫悔懊。」（〈法曲第二〉「青翼傳情」） 如何向 1——「如何向名牽利役，歸期未定。」（〈紅窗聽〉「如削肌膚紅玉瑩」） 竟 1——「竟尋芳選勝，歸來向晚」（〈長壽樂〉「繁紅嫩翠」）
表示重複、連續	無
表示肯定、否定、估量	又爭似 1——「又爭似卻返瑤京，重買千金笑。」（〈輪臺子〉「一枕清宵好夢」） 恐 2——「恐旁人笑我，談何容易。」（〈玉女搖仙佩〉「飛瓊伴侶」）

　　綜觀此表並與周詞之詞例稍加比較，我們可以先拈出數據上的差異性：就副詞的種類而言，周詞所觸及的類別共有「表示程度」、「表示時間」、「表示語氣」、「表示重複、連續」、「表示肯定、否定、估量」五種；柳詞則少了「表示重複、連續」一種；此外，就所使用的詞彙而言，周邦彥共使用了十二種不同的副詞詞彙作爲領調字，柳詞中則出現了十一種。在詞類與詞彙兩種選用方式、次數皆有所別的情況下，就詞彙的整體分布而言，柳詞較爲明顯地集中於「表示程度」以及「表示語氣」這兩類副詞上，而周詞之整體分佈則稍顯平均些。這兩種數據上的差異尚非特別懸殊，最大的數據差異在於「漸」字此一副詞的使用：柳永共用了十二個「漸」字作爲領調字，爲周氏之兩倍，

重複性與慣常性皆較周氏爲高。由這些數據上的差異，我們可以再次檢證周邦彥在選詞用字上的書寫風格爲：重複性較低、詞性的種類與詞彙的變化較多。換言之，在詞彙的運用上，周詞比柳詞來得更爲豐富而多變，因此，對於語言文字求變求新的企圖心（或名之爲「匠心」），周邦彥較諸柳永乃更加凸出顯豁。

除了數據上的差異，二人在詞意筆法的設計與運用上，亦呈現了截然有別的創作風格，此以「漸」字之運用最爲顯著。

柳詞以「漸」字領起的複句，內蘊上大抵可以分爲兩類：一爲景語，二爲人物的動作行止。在以「漸」字帶領出人物動作之行進與完成時，柳永之書寫模式傾向於：僅只單純地點出人物形象，構築一種馨暖的氛圍，藉此敘說一段難忘的情事。句中，並沒有過於吞吐的語意及情感張力，或是深蘊於字詞之間的深層指涉。此種敘述方式在情意功能的輔成上甚爲簡明而直接。如〈鳳銜杯〉上片：

> 有美瑤卿能染翰。千里寄、小詩長簡。想初裁苔箋，旋揮翠管紅窗畔。漸玉箸、銀鉤滿。

此詞乃在追想一名美麗的女子能染翰揮毫的瀟灑姿態以及當日二人憑几臨書，作品逐漸完成之往事，句意上的指陳甚爲直接簡明。除此一例外，《樂章集》中尚有〈傾杯樂〉（「皓月初圓」）一例，其餘詞作裏，「漸」字之使用大抵皆在領帶出一連串的景語，以說明時序、節候以及景致之變化。

這一連串的景語若以景物之淒清或是朗麗的色澤以及其中所蘊含之悲、喜情感的交融狀態作爲區分標準，又可以分爲兩類：一爲「以悲景寫哀情」，一是「以麗景托寓歡愉之情」。在前一類詞例中，我們往往可以得見詞人習於在蕭索的秋天登高，而於每回登高遠望之後，因著眼前所見之蕭瑟衰殘的秋景遂興發無邊無盡之冷落淒清的悲情。如〈八聲甘州〉（「對瀟瀟暮雨灑江天」）上片之「漸霜風淒緊，關河冷落，殘照當樓。」即以「漸」字點染出節候、景色之遞變。在一片蕭颯衰殘的暮景中，詞人雖說「不忍登高臨遠」但終是登上了高

處，面對日暮餘暉，興起了無可排解之歸鄉之念與故人之思。再如〈木蘭花慢〉（「倚危樓佇立」）上片之「漸素景衰殘，風砧韻冷，霜樹紅疏」在秋風乍起的晚晴時分，詞人對著日漸凋敗的景色，追想昔日「皇都歡遊」、「對酒當歌」的往事以及兩情歡洽之佳人，終將如入秋之枝葉，漸次疏零蕭索。此二例皆以淒冷之景興發愁苦之情，哀景益增詞人無盡之感慨。而另一類詞例則是在清新之景中照見詞人舒朗之情，如〈醉蓬萊〉（「漸亭皋葉下」）上片起首之「漸亭皋葉下，隴首雲飛，素秋新霽」。此詞雖亦寫秋景，但詞人著眼於秋序之「清」與「朗」——由於節氣清朗，遂更見「華闕」之壯美與高聳、「階砌」「嫩菊」之澄淨與芳香；進而再以景物之美好襯寫昇平繁華之盛世，帝王出遊的舒愉之情。此外，又如〈迎新春〉（「嶰管變青律」）一詞下片起首之「漸天如水，素月當午。香徑裏，絕纓擲果無數」亦是以清新之景寫歡快之節慶與人物活動，景色與感情諧和一致。然而不論是以悲景寫哀情，或是以麗景寓歡愉之情，其間「漸」字的作用大抵承接著上文的主題與情感，次而進一步提點景物的逐次變化與時間的緩步推移，並藉此孕生或是悲愁或是喜悅之情。詞人情感隨著景物之擴寫與推展終繼噴湧而出，情代景而興，詞旨亦於此而顯豁明朗。此種景寓情，景助情，景物的冷暖情調與情感的哀喜內容相互一致的構作方式，周詞之中亦不乏其例，但周詞之中稍有變化之以景緩情——以景物盪開飽和之情感的抒寫手法則爲柳詞中所無。

　　此外，就語法功能而言，「漸」字屬於輕微性的程度副詞，以此字作爲領調字所引帶出的景物或情感其內蘊亦是輕微的，時間與情感的轉遞方式乃是緩步累進的，在緩慢的推拓中，情感欲重欲強，則端賴領調字後方數個句子內容意蘊上的引導與轉折。然而，內容意蘊上的引導與轉折，可以出之以實義之名詞、形容詞或動詞——即以意象的紛陳迭出抒情寫意；亦可多增虛字，減少動、名詞出現的比例，使作品中的意象與情感較爲單一而集中。前者之寫作方式將令作品呈現密實的風格傾向，後者則較易形成朗快之風格，周邦彥之寫作手法屬前，

柳永之寫作手法類後。舉例言之，柳永在使用「漸」字作爲領調字時，時而會搭配其他的副詞以逐層加重情感強度，例如〈尾犯〉（「夜雨滴空階」）一闋上片「漸秋老蛩聲正苦，夜將闌燈花旋落」「將」、「正」、「旋」三個字皆爲時間副詞，「漸」字點明季候的遞變，「將」字進一步指出確切的時間，兩字皆蘊含了動態性的時間流轉之感。在「漸」與「將」緩步推移出的時間流程裏，「正」與「旋」則以較爲快速而簡捷的姿態切割原有的憚緩之感，形成一慢一快、一慢一快的語言節奏感與一輕一重、一輕一重的情感狀態——情感上因「正」字而益「苦」，因「旋落」而意帶雙關地指涉情愛上的信諾易捨易變。這種有秩序的節奏感與情感的強度之所以容易爲讀者立時掌握，原因即在於四個時間副詞被清楚地區分爲兩類：「將」與「漸」字所指涉的時間蘊義類近，而「正」與「旋」字所提示時間感亦雷同，相同的節奏感隔句即再現一次，是以整體的語言節奏甚爲清晰而明快。柳詞中此種詞例尚如〈迎新春〉（「嶰管變青律」）一闋下片起首之「漸天如水，素月當午」，「如」爲假設連詞，「當」爲時間副詞。反觀周邦彥在以「漸」字領起後往往習慣堆垛各類具有實義之意象以抒寫內斂、低抑的情懷感受詞例如前文所述之〈蘭陵王·柳〉（「柳陰直」）一闋之「漸別浦縈迴，津堠岑寂，斜陽冉冉春無極」，「別浦」、「津堠」、「斜陽」皆是實義之名詞，分別爲同一地點中三個不同之意象，三個名詞之後再各自接以實義之形容詞或另一個短句，形成三個主謂句。再如〈憶舊遊〉（「記愁橫淺黛」）一闋之「漸暗竹消涼，疏螢照曉，兩地魂銷」，「漸」字下所領起之句，亦爲三個意象各自不同之分句，各分句中仍是以實義之名詞、形容詞與動詞作爲句子中主要的構成要素。

至於在肯定詞與否定詞一類副詞中，周邦彥選用「終不似」此一直接表示否定義的詞彙作爲領調字，柳永則選用了帶有「反詰」、「感嘆」之義的「又爭似」以作爲兩種不同生活狀態之取捨。而以「表示重複、連續」的副詞作爲領調字可使同一情感、事件反覆再現，有助於詞意氛圍之形塑，亦是形成「迴環往復」之寫作風格的要因之一。

柳永並未使用任何表示重複與連續的副詞作爲領調字。綜上所述，在種種運用手法相互搭配、烘映的情況下，柳詞與周詞於副詞領調字的運用上遂明顯地呈現了轉折曲複與直敘明朗的差別。

（二）介詞領調字

　　介詞不能獨用，它通常與名詞或名詞性詞組相結合構成介詞詞組。介詞詞組的語法功能大抵爲「作動詞、形容詞的修飾、限制成分」，以表示時間、處所、方向、方式或原因、範圍等。〔註30〕《清眞集》中以介詞作爲領調字的情況茲列表如下：

	詞　　例
時間/處所/方向	趁 2──「趁暗香未遠，凍蕊初發，倩誰折取，持贈情人桃葉。」（〈三部樂・梅雪〉「浮玉飛瓊」） 向 3──「向邃館靜軒，倍增清絕。夜窗垂練，何用交光明月。」（〈三部樂・梅雪〉「浮玉飛瓊」） 奈向 1──「奈向燈前隋淚，腸斷蕭娘，舊日書辭猶在紙。」（〈四園竹〉「浮雲護月」）
方式/方法/手段	把 1──「把閒語閒言，待總燒卻。」（〈解連環〉「怨懷無託」） 只恁 1──「只恁東生西沒，平均寒暑。」（〈留客住〉「嗟烏兔」）
原因/目的	因箇甚 1──「因箇甚，抵死嗔人，半晌斜盼費熨貼。」（〈看花迴・詠眼〉「秀色芳容明眸」）
對象/範圍/關聯	對 5──「對曉風嗚軋，紅日三竿，醉頭扶起還怯。」（〈華胥引〉「川原澄映」）
比　　較	似 2──「似楚江暝宿，風燈零亂，少年羈旅。」（〈鎖窗寒・寒食〉「暗柳啼鴉」） 還似 1──「還似汴隄虹梁橫水面」（〈繞佛閣・旅況〉「暗塵四斂」）
排　　除	無

　　由上表的分類概況與統計數字我們不難發現：在介詞領調字方面，周邦彥偏好使用與時空方位相關的介詞，其次是表示方法的介詞與比較介詞，至於表示原因、目的（如「因」、「爲」）及表示排除（如

〔註30〕參見程祥徽、田小琳著，《現代漢語》，頁 272。

「除」）等義的介詞，周邦彥使用的次數甚少。之所以有這種選擇上的偏重現象，我們不難推測原因：一方面固然由於詞人個別的創作習慣使然；另一方面更因爲詩歌的表現特色本非推理性的解說，而爲情意之內容以意象紛織並現的方式加以呈顯，因此帶有故事性的情節鋪展──一種敘事性的表現方式鮮少出現在詩歌之中，一如清人李漁《窺詞管見》即曾言詞作的表達內容不外乎情與景：

> 詞雖不出情景二字，然二字亦分主客。情爲主，景是客，說景即是說情，非借物遣懷，即將人喻物。有全篇不露秋毫情意，而實句句是情，字字關情者。切勿泥定即景詠物之說，爲題字所誤，認眞做向外面去。〔註31〕

寫景既爲了喻情，敘事則更要借事以抒情，事件的因果始末顯然並非詞人關注之焦點，因此，表示原因、目的以及排除等意義的字詞因爲帶有較強之邏輯推理的特性，所以自然得不到本要刻意避免直說、明說而意在追求情景交融、意在言外的詞人所青睞。下文我們將逐項分析各類介詞的意涵功能與結構特色。

介詞按其組成方式可以分爲兩類：可以在謂語中心詞之前，也可以在謂語中心詞之後。〔註32〕但領調字之得名正在於其位居樂句之首，對全句有提領之作用，所以領調字之位置是固定的，因此介詞領調字的組成方式在詞作之中便也只有「在謂語中心詞之前」一種。「趁」字用在謂語中心詞之前，如表格中之詞例「趁暗香未遠，凍蕊初發，倩誰折取，持贈情人」以及〈迎春樂‧攜妓〉「趁歌停舞歇，來相就」這兩個例句皆爲「趁」字介賓詞組，介詞之後的賓語爲主謂詞組；語法意義爲皆在表示人物趁著某個機會做某事，例句中「折取」與「相就」兩個動作作時間上的限定與說明，二者的語法用途皆在於充當狀語。

〔註31〕參見唐圭璋編，《詞話叢編》第一冊，頁 554。
〔註32〕說明及示例參見何樂士，〈敦煌變文與《世說新語》若干語法特點的比較〉，收錄於程湘清主編，《隋唐五代漢語研究》（山東：山東教育，1992），頁 135-178。

　　「向」字一般用於表時間和方所，又可寫作「嚮」或「鄉」。在表示時間方面，「向」字有趨向的意思，如「夫水，嚮多則凝而爲冰」（《淮南子‧俶眞》），又有「近」或「臨」之意，如「向晚意不適，驅車登古原」（李商隱〈樂遊原〉）；用方位介詞構成的介賓結構，漢魏以前賓語常倒置於介詞之前，如「公子與侯生決，至軍，侯生果北嚮自剄。」（《史記‧信陵君傳》），漢魏之後開始有不倒置的用法，如「手把文書口稱敕，回車叱牛牽向北」（白居易〈賣炭翁〉）。〔註33〕由於《清眞集》中的「向」字皆爲領調字，所以亦全是不倒置之用法。此外，詞集中以「向」領起的詞例有三，除了表中所列舉的例子之外，〈女冠子‧雪景〉之「向紅爐暖閣，院宇深沉，廣排筵會，聽笙歌猶未徹」以及〈浪淘沙慢〉之「向露冷風清無人處，耿耿寒漏咽」二例，「向」字後方連接的賓語不爲時間性的詞彙而皆爲處所詞；由「奈向」一詞所領起的詞句，情況亦同於此。可見周邦彥凝定了「向」字的用法，慣以此字標示詞人所面對的空間景況。

　　「對」字的使用僅昭示詞人所面對的空間方向，至於此空間之中的時序變化、景物之況，皆可以透過作者各項感官意識的運作在數句之間靈活敘寫，其騰挪變化的空間，較之有所限定的感官動詞如「看」、「見」、「聽」等領調字要來得大。由於「介詞是表示實詞和實詞之間關係的一種語詞，必須和名詞或代詞結合，組成『介賓結構』。」〔註34〕所以介詞有其語法邏輯意義。爲了配合詞的聲律，介詞通常前移以達到美聽的效果，此亦由於「漢字的視覺性與自足性，使它往往可以擺脫嚴格而死板的語序，在比較自由的範圍內組合它的語義形式。」〔註35〕

　　《樂章集》中的介詞領調字與《清眞集》中的介詞領調字最大的差別依然在於前我們者的詞彙種類較少以及特定詞彙的使用頻率甚

〔註33〕參見黃六平著，《漢語文言語法綱要》（台北：漢京文化，1983），頁174、175。
〔註34〕同上註，頁162。
〔註35〕葛兆光著，《漢字的魔方》，頁21。

高。在闡明之前先將《樂章集》中的介詞領調字暨詞例臚列於下：

	詞　　例
處所、時間	向 15——「向玳筵前，盡是神仙流品。至更闌、疏狂轉甚。」（〈宣清〉「殘月朦朧」） 當 1——「當暮天霽色如晴畫，江練靜、皎月飛光。」（〈彩雲歸〉「蘅皋向晚驟輕航。」） 自 1——「自春來慘綠愁紅，芳心是事可可。」（〈定風波〉「自春來慘綠愁紅。」） 甚時向 1——「甚時向幽閨深處，按新詞、流霞共酌。」（〈尾犯〉「夜雨滴空階」）
方式、方法手段	把 1——「把芳容整頓，恁地輕孤，爭忍心安。」（〈錦堂春〉「墜髻慵梳，愁蛾懶畫，心緒是事闌珊。」）
原因、目的	便因甚 1——「便因甚翠弱紅衰，纏綿香體，都不勝任。」（〈離別難〉「花謝水流倏忽」）
對象、範圍、關聯	對 15——「對長亭晚，驟雨初歇。」（〈雨霖鈴〉「寒蟬淒切」） 任 4——「任越水吳山，似屏如障堪游玩。」（〈鳳銜杯〉「有美瑤卿能染翰」） 恣 2——「恣幕天席地，陶陶盡醉太平，且樂唐虞景化。」（〈拋毬樂〉「曉來天氣濃淡」）
比　　較	無
排　　除	無

　　就介詞領調字而言，柳永所慣於使用的詞彙一如周邦彥，亦以時空方位的介詞爲主。除了「比較」與「排除」兩類未出現相關詞彙之外，其餘各類詞彙之分布頗爲平均。

　　在表示「原因、目的」一項中，周邦彥並未運用任何的詞彙作爲提領句子之用，柳永則使用了「便因甚」一詞。「便因甚」一詞由三個字彙組成。「便」在詞性上屬於副詞，其語義內涵大抵有如下數種：一是「表示立即，相當於『就』、『便』、『隨即』、『馬上』等」；二是「表示兩事相繼發生，一直使用」；三是「又能表示兩事密切相關，用於承接原因和結果」；四爲「或者用於承接條件和結果」。〔註36〕觀

〔註36〕參見段德森著，《實用古漢語虛詞》，頁 11、12。

此詞之全貌：

> 花謝水流倏忽，嗟年少光陰。有天然蕙質蘭心。美韶容何
> 啻值千金。<u>便因甚</u>翠弱紅衰，纏綿香體，都不勝任。算神
> 仙五色靈丹無驗，中路委瓶簪。　　人悄悄，夜沈沈。閉
> 香閨、永棄鴛衾。想嬌魂媚魄非遠，縱洪都方士也難尋。
> 最苦是、好景良天，尊前歌笑，空想遺音。望斷處，杳杳
> 巫峰十二，千古暮雲深。

　　本詞之主旨爲「傷逝」，主要在悼念一位歌女之亡逝。首二句慨
嘆此女子正值青春年少，然而其生命之飄零倏忽卻無常得一如花之
謝、水之流。三、四句則在拈出才性、體貌之美以對顯出時命與天賦
之美質二者間距離的滑落與失跌，人事憾恨之深，即此間距離之遠
絕。「便因甚」一詞即在接連這兩個語段意義，對女子早逝之故作一
原因性的說明。如此一來，「便」字的意義與「因」字相同，在於表
示前後二事的相關性，以承接原因和結果。至於「甚」字之意，一般
辭書中皆以之爲副詞，表示程度，有「非常」之意，通常置於謂語之
前，「表示所陳述的情況程度之深，超過一般。有時也能置於謂語之
後作補語。」〔註37〕此處之「甚」與「便因」二字相連結作爲領調字
以提領三個四字句，詞彙的語意功能乃在於對女子衰逝之原因提出憾
恨難平之疑問，而不在於強調女子身體荏弱之程度，是以此處之「甚」
字並非表示程度作「非常」、「很」之解，而是轉化爲「什麼」之義，
作爲疑問詞之用。〔註38〕因此，這個詞彙以「便」與「因」的詞義爲

〔註37〕 參見陳霞村，《古代漢語虛詞類解》，頁 215；又楊愛民編著，《文言
　　　　虛詞類釋》亦以之爲最高度的程度副詞，見書頁 55。

〔註38〕 「甚」字轉化爲「什麼」之義，並非只有此孤例，《樂章集》中尚有
　　　　他例，如〈尾犯〉一詞中之「甚時向幽閨深處，按新詞流霞共酌。」
　　　　中「甚時向」之「甚」亦非作程度副詞之用，而可語譯爲「什麼時
　　　　候」（梁雪芸選注之《柳永詞選》，此二個詞彙皆作如此之解，分見
　　　　頁 9、頁 107）；除《樂章集》外，《清眞集》中亦有此種用法，如〈看
　　　　花迴〉中「因箇甚、抵死嗔人，半晌斜盼費熨貼」中「因箇甚」之
　　　　「甚」字亦不作程度副詞之用，而已轉化爲「什麼」之義，這種現
　　　　象想是宋人的口語習慣。

主，除了詞體上領調字的的提領功能之外，其語法功能主要在串連事件的因果性，作語義上邏輯性的連貫，是以此詞較其他作品更具情節性與故事性。如前文所言，在周詞中，我們未曾發現此種用法，意象的紛疊交織，語意的多重轉折，因果性詞彙的捨置不用方爲周氏筆法之特徵，是以其詞風遠較柳詞來得縝密穠稠。然而除了詞風上的差異之外，我們尚要進一步說明的是：柳詞雖然敘事性較強，情節內容的轉接痕跡較爲顯著，但其詞風並未踰越詞體「婉約要眇」之風格上的制約，此得自於柳永將事件的始末作了支離錯落的處理。此詞可以分爲七個語段（樂段），但就蘊義而言可以縮併爲六個部分，依時間先後其情節的承接應是：女子之歌女身分→作者與此女子相識之場景→女子得自天眷之內外才性、品貌→女子體弱染病，纏綿病榻→所有的醫藥、療術皆無法救治→女子病逝→作者之悼念及追想。在鋪敘成詞時，柳永打散了時間的排序，首先拈出女子病逝之結局，其次引帶出女子得天獨厚之美質，以死之悲慟與生之絕美間的落差凝構出作品中憾恨難平之情意張力，深沈的憾恨既成此詞之基本情調，遂能逐次推衍其他情節，於是下文便順當地透過「便因甚」此表示因果之介詞領調字轉接女子病逝之因——體弱多病以及醫藥之罔然。下片，則在作者一片癡心的悼念與追想之中補帶出女子之身分以及往日和合融洽之場景。雖錯散了情節的排序，但大抵上仍不出上片敘事描景、下片寫情之慢詞基本的書寫模式，而其間因果性的承接詞彙又出之以詞體所特有之領調字之形式，則亦加淡化了推理敘寫之直截性，而呈現了詞作本有之曲折委婉的風姿。

　　《清眞集》中「向」字之作爲領調字的用法甚爲單一：皆以之標示詞人所面對的空間景況。柳詞中的「向」字則除了表示方所外，另有二例用以表示「時間」，其中一作「趨向」之意——「向深秋，雨餘爽氣肅西郊」（〈鳳歸雲〉「向深秋」）；一爲「臨」之意——「向道我別來，爲伊牽繫，度歲經年，偷眼覷，也不忍覷花柳」（〈傾杯樂〉「皓月初圓」）。其餘表示方所的詞例雖數量頗豐，但用法卻甚爲劃

一，「向」字之後所承接的語彙多有重疊者，如「向玳筵」與「向尊前」皆重複了兩次，〔註39〕而其空間若非窗下、筵席之前即爲繡幃之中，少有大空間、大景觀者。

　　至於「對」字，其語法功能在於表示「乘」、「當」，引出方向、位置，或引進行動所涉及的對象，相當於「對著」。〔註40〕《清眞集》中「對」字之用法甚爲單一，其所引進者大抵爲詞人所面對之空間方向。柳詞中以「對」字作爲領調字者亦大抵爲如此之用法，且高達十五例之多。值得一提的是，柳詞以「對」字所帶引出之景多爲蒼茫遼遠之景觀——如「瀟瀟暮雨灑江天，一番洗清秋」（〈八聲甘州〉）、「對長亭晚，驟雨初歇」（〈雨霖鈴〉「寒蟬淒切」）而這一類的詞往往是其詞作中評價最高之「羈旅行役一類的作品。

（三）連詞領調字

　　△《清真集》連詞領調字茲列表如下：

邏輯關係	例　　　　　詞
並　列	無
遞　進	無
選　擇	無
轉　折	奈 2——「奈愁濃如酒，無計銷鑠。」（〈丹鳳吟·春恨〉「逶邐春光無賴」） 奈又 1——「奈又片時一陣風雨惡，吹分散。」（〈玲瓏四犯〉「穠李天桃」）
因　果	無
條　件	無
假　設	縱 1——「縱洪都方士也難尋」（〈離別難〉「花謝水流倏忽」）
目　的	無

〔註39〕「向玳筵」之例有：〈宣清〉（殘月朦朧）——「向玳筵前，盡是神仙流品」及〈鳳歸雲〉（戀帝里）——「向玳筵，一一皆妙選」；「向尊前」之例則有〈秋夜月〉（當初聚散）——「向尊前閒暇裏，斂著眉兒長歎。」及〈長壽樂〉（繁紅嫩翠）——「向尊前、舞袖飄雲，歌響行雲止。」

〔註40〕參見陳霞村，《古代漢語虛詞類解》，頁 251、274。

「又」字除了表示重覆連續之意外，尚有表示一種反轉語氣，事態與行爲出現相反情況，或者事情結果出乎意料之外的意涵。〔註41〕「又」與「奈」字結合成詞時，「又」字的作用即近於反轉之語氣，二個帶有反轉語氣之字重疊以成領調字，轉折之語氣加重，前後情事的歧異性增大，情緒的低鬱程度便與前後事端的落差成正比。如〈玲瓏四犯〉「穠李夭桃」下片：「休問舊色舊香，但認萬芳心一點。<u>奈又</u>片時一陣風雨惡，吹分散」，莫管舊姿韻舊氣息，但惜取今之芳姿此意念，便寫出了一層今昔對照及價值取捨的頓挫章法。之後「奈又」一詞領起二句，敘寫因受無法掌控之時運的播弄，今時的相知相遇之情與思慮過後的價值取捨盡皆落空，一己主宰之力量的薄弱與握有權勢之他力或是無可明其究竟之時命之無可抗拒的力量，形成一個更大的對照，在原來的頓挫基礎上再翻轉上去，形成更大的情意頓挫，「奈又」在此充分發揮了承接轉折的功能。

至於《樂章集》中的連詞領調字，表列如下：

邏輯關係	詞　　例
並　列	無
遞　進	何況 1——「何況經歲月，相拋嚲。」（〈鶴沖天〉「閑窗漏永」） 況 6——「況當年便好相攜，鳳樓深處吹簫。」（〈合歡帶〉「身材兒」）
選　擇	無
轉　折	奈 14——「奈兩輪玉走金飛。紅顏成髮，極品何爲。」（〈看花回〉「屈指勞生白歲期」） 爭奈 1——「爭奈心性，未會先憐佳婿。」（〈鬥百花〉「滿搦宮腰纖細」） 其奈 1——「其奈風流端正外，更別有繫人心處。」（〈晝夜樂〉「洞房配得初相遇」） 但 7——「但黯然凝佇。暮煙寒雨。望秦樓何處。」（〈鵲橋仙〉「屆征途」）

〔註41〕參見段德森著，《實用古漢語虛詞》，頁 11、12。

因　果	無
條　件	無
假　設	無
目　的	無

　　柳永在連詞領調字的運用上，不論是詞彙之種類或是數量之多寡皆遠超過了周邦彥，但某些詞彙詞人依然習於反複地重覆疊使用，如「況」、「奈」字、「但」等字，其分別重複了六次、四十次與七次。「況」字表示前後幾項詞義之間更進一層或增加一層之關係；「何況」則用以連接主從兩個分句，前方之從句主在提出比較和陪襯的事實情況，後方之主句則作出抉擇和推斷，並時用反詰語氣強調抉擇和推斷的正確無誤。〔註42〕以遞進關係之連詞作爲領調字，其對於情境的展現不在造成情意上正與反之翻疊、頓挫之曲折感，而在於進一步摹深前文所構築出來的悲喜情調，因此其情感之表現方式是直捷而非曲繞往復的。柳詞中「況」與「何況」之例，多是嘆之情的深刻化，例如「從前早是多成破。何況經歲月，相恨鞞。」（〈鶴沖天〉「閒窗漏」）；又如「醉擁征驂猶佇立，盈盈淚眼相看。況繡幃人靜，更山館春寒。」（〈臨江仙引〉「上國。去客。」）此種遞進連詞的運用則不見周氏爲之。

　　「爭奈」之「爭」與「其奈」之「其」，在與「奈」字相結合之後，原來副詞之「爭著」的表態義與第三人稱指代詞之意義不復得見，其意義與詞性轉化爲「怎」之疑問代詞，此乃爲唐宋時之口語現象〔註43〕柳永以之入詞則將或多或少地強化了詞風淺易曉暢之特色。此外，雖然「疑問」與「轉折」之詞義相互結合後，情意的對比性更加深化了，但與「奈」字、「但」字所領起的之詞例類同：其上、下句義間的喜／悲、聚／散、和合歡洽／孤寂失落之意涵的轉變甚爲顯豁而清晰──如「正是和風麗日，幾許繁紅嫩綠，雅稱嬉游去。奈阻隔、尋芳伴侶。」

〔註42〕見陳霞村，《古代漢語虛語類解》，頁528、534。
〔註43〕見張相，《詩詞曲語辭匯釋》，頁248。

（〈安公子〉「夢覺清宵半」）；「初學嚴妝，如描似削身材，怯雨羞雲情意。舉措多嬌媚。<u>爭奈</u>心性，未會先憐佳婿。長是夜深，不肯便入鴛被。」（〈鬥百花〉「滿搦宮腰纖細」），二例皆爲一樂一愁、一讚賞一怨懟之單純的映襯手法，其間層層翻轉的語義張力不若周詞複雜多變。

二、動詞領調字

由於領調字可以由動詞、詞組擔任，所以領調字與語法學上的「虛詞」意義並不相同。《清眞集》中的實詞領調字大多數皆由動詞擔任，詞人之所以有此選擇偏好，與動詞之既能表現詞人內心、外在活動的狀態以完成詞中動態的敘述流程，又能提供限制較副詞要少的廣闊敘寫空間不無相關。

《清眞集》動詞領調字茲列表如下：

	詞　　例
一般動詞	望 3、想 7、羨 1、愁 1 念 6、探 1、聽 5、見 4 料 2、嘆 5、記 2、冒 1 恨 1、變 1、看 2、憶 2、問 1、長記 1、乍見 1、挂 1、試著 1

除了一般動詞，動詞還包括了判斷詞、使令動詞、能願動詞、趨向動詞四種，〔註44〕但是這四種動詞周邦彥皆未將之作爲領調字使用。以一般動詞作爲領調字，其數量不僅占了《清眞集》中以實詞作爲領調字的絕大部分，即使綜合屬於虛字的領調字一併觀之，動詞領調字的數量還是居於領先的地位。

由副詞所領起的複句，其分句之間的關係，若非並列鋪排即爲層進敘述，少見比對映襯或迴環互注之關係。然而，由動詞所領起的複句便能見到後兩種的組織關係，如「<u>羨</u>金屋去來，舊時巢燕；土花繚繞，前度莓牆」（〈風流子〉「新綠小池塘」）、「<u>想</u>東園桃李自春，小脣秀靨今在否」（〈鎖窗寒〉「暗柳啼鴉」）二例。「羨」字、「想」字所領的複句皆是今昔景況的對比映襯。「<u>念</u>諸蒲汀柳，空歸閒夢；風乾雨

〔註44〕動詞的分類參見程祥徽、田小琳著，《現代漢語》，頁 259。

楫，終辜前約」（〈一寸金‧新定作〉「州夾蒼崖」）、「念取酒東壚，尊罍雖近；採花南圃，蜂蝶須知」（〈紅羅襖〉「晝燭尋懽去」）二例則是兩個動作與意象的互相詮解、意涵的互相補足，分句之間茲爲回環互注的關係。就副詞領字來說，每一個副詞皆有其特定的語法功能，或是語氣上的強調，或是程度上的比較，或表示一個意念、情景的重複，它所指涉的方向是單向的、有所限制的，因此其所造成的情緒若非是同向情緒的再加重，便是反向的情緒所產生的轉折與牴觸。然而動詞所指涉的情景方向比較不固定，例如「想」字，可以是別後至今他人景況之擬測，如「想寄恨書中，銀鉤空滿；斷腸聲裏，玉箸還垂」（〈風流子〉「楓林凋晚」）；可以是同時異地的人事景物之況，如「想東園桃李自春，小脣秀靨今在否？」（〈鎖窗寒‧寒食〉「暗柳啼鴉」）；亦可以是他人臆想一己狀況之辭，如「想開元舊譜，柯亭遺韻，盡傳胸臆」（〈月下笛〉「小雨收塵」）。「想」之一字的時空情景與主語的變化空間極大，故能任詞人變換來去，一任想像力飛馳騰躍。一般動詞作爲領字所能提供的廣闊敘寫空間由此可見一斑，而比照映襯及回環互注的分句關係何以率常出現在動詞領字所領起的複句中，亦由此可以得到一個合理的解釋。

　　由動詞領調字提領景語的來看，在動詞領字下，詞人可以寫一刹那間的靜止之景，也可以摹寫景物的流動性變化，或以情語事語與景語相互結合。與「正」、「漸」等副詞領調字相比，由於「正」、「漸」等領調字所領起的複句，其所敘寫的人情景物皆是當前的，現在式的，周邦彥往往需在這些副詞領字所領起的句段之後，再以騰挪空間比較大的動詞領字，領起另外一個時間或空間的句群，造成今昔之比、繁華／蕭索之對照以及聚合／離散交相互陳之頓挫相生、波瀾跌湧的章法。

　　《清眞集》中的領調字除了單字、詞彙之外，亦常出現三言的詞組或是單句。詞組如「拚今生」（動賓結構）、「空回顧」（前加狀語，構成偏正關係）、「漫回首」、「更可惜」、「但夢想」、「想如今」（補語）、

「若教」（假設連詞＋使令動詞）、「常是」（時間副詞＋判斷詞）等。而單句如「誰念省」、「誰知道」、「誰念」（主謂句）、「有誰知」詞組與句重複出現的頻率不高；至於與上述各項領調字之歧異主要在於字式上之長短及音響上之錯落，若論其表現手法則與前文所提相當，是以此處不再另闢篇章加以論述。

至於《樂章集》中的動詞領調字，其出現概況列表如下：

	詞　例
一般動詞	望 6、念 18、觀 1、願 1、動 2、想 12、會 2、助 1、待 1、算 14、勉 1、恨 2、遇 1、命 1、覺 2、認 2、愛 2、聽 3、見 5、有 2、渡 1、爲 1、指 3、放 1、是 3、問 1、引 1、覺 2、詠 1、聚 1、疑 1、道 1、起 1、憶 1、度 1、忍 1、盡 1

前文曾云：周詞中由動詞所領起之複句多有呈現比對映襯或回環互注之關係者，但柳詞之中透過各種意象的交織疊用，其分句之間的關係以並列鋪排與層進敘述之現象爲多，尤其是層進敘述之關係者。並列鋪排之例如：「因念秦樓彩鳳，楚觀朝雲，往昔曾迷歌笑。」（〈滿朝歡〉「花隔銅壺」）「秦樓」、「楚觀」乃妓女所居之稱，「彩鳳」、「朝雲」皆指美女，兩個分句其語義之指涉相同，並共同指向同一個意蘊：女子之美質於往昔皆「曾迷歌笑」。再如「念擲果朋儕，絕纓宴會，當時曾痛飲」（〈宣清〉「殘月朦朧」），「念」字之後所引帶出之分句，前二句之意蘊相同，第三句則是此句段意旨之總提。層進敘述之例甚多，佔了動詞所領起之句段、詞例的絕大部分：如「念平生單棲蹤跡，多感情懷，到此厭厭，向曉披衣坐」（〈祭天神〉「歡笑筵歌席輕拋軃」）、「念對酒當歌，低幃並枕，翻恁輕孤」（〈木蘭花慢〉「倚危樓佇立」）、「算密意幽歡，皆成輕負」（〈鵲橋仙〉「屆征途」）分句間的語義關係皆爲漸次帶轉，逐步深入心意、情事之摹寫方式。雖然一般而言，動詞所指涉的時空方向、情景較諸其他虛字領調字來得寬廣，數個分句之間挪移膽寫的空間極大，但柳詞之表現方式甚爲單一，其時空方向大抵爲今、昔之相互對照，並且情意上多數

呈現昔日之歡愉而今日寥落之感懷，少有時空與情意、人生價值交相錯落之構作者。此種單線鋪敘、直抒胸臆的表現手法亦輔成了柳詞朗暢之詞風。

　　此外，周氏未曾以判斷動詞作為領調字，但柳詞中則出現了數例以「是」字為主之而斷句。「是」字「可以表示事物的特徵，表示強調，表示存在」〔註45〕此為「是」字之語義內蘊。就詩歌的內蘊而言，判斷句在強調詞人所面對之當前處境時，通常或顯或隱地透露了詩人對於一已之存在價值或是人事現象的認肯與否，對一處境之認肯即意謂著對於另一存在情境之忽略或是否定，在一認肯一否定之間其情意上的鼓盪是深重而激烈的，詩人的主觀感受直捷地投入作品之中，其經由文字傳達而出的情意感染力甚為直接。柳詞之詞例如：「無端處，是繡衾鴛枕，閒過清宵」（〈蒼江仙〉「夢覺小庭院」），「無端處」即拈出了目前處境之無可奈何與不可抗拒處，「繡衾鴛枕」是過往兩情相悅之記憶，如今「竟是」「閒過」而冷清之狀。詞人透過「是」與「無端處」兩詞彙之連結，其所認肯、追想者乃過往「繡」之繽紛與「鴛」之偕伴的境況，所排拒者則為當前無眠之「清宵」，認肯與否定之情感、意念甚為明而強烈。再如「最苦是好景良天，尊前歌笑，空想遺音。」（〈離別難〉「花謝水流倏忽」）即直接強調人間最苦之境況乃在於美好之情境、時空可以依稀再現，然而人事之飄零卻是全然無法再次撫觸、追索。此種強烈而直捷地表現情感之方式，與柳永之生平遭遇、性格不無關係。此種表現手法本不易形成冷凝濃稠之詞風，相較於周氏不以判斷動詞作為領調字之況，二人之構作手法、情感表現上的差異於此可見一斑。

小結

　　對於《清眞集》與《樂章集》中的領調字，經由以上的對照分析，我們可以整理成如下的結論：

〔註45〕參見程祥徽、田小琳著，《現代漢語》，頁 261。

1、由於領調字與襯字之不同正在於一爲有字有聲，一爲有字無聲，因而在音聲節奏的或是限制、或是配合之下，領調字在嚴格的句法規範中遂擁有一特殊地位——在音聲上可稍作停頓，因音聲的稍作頓歇，聲情遂可綿延綢繆，語法之意義遂能一盡或呼喚或開拓或縮合之關節性的職能，並成爲句子中可以單獨運用，似斷實續的一個部分。

2、在「表示重複、連續」之副詞的運用上，以此類詞彙作爲領調字，其使同一情感、事件反覆再現之語義特色有助於詞意氛圍之形塑，亦是形成「迴環往復」之寫作風格的要因之一。柳永並未使用任何表示重複與連續的副詞作爲領調字，而周詞中則迭有情韻綿渺之佳作，復加上各種敘寫手法相互搭配、烘映的現象，柳詞與周詞於副詞領調字的運用上明顯地呈現了轉折曲複與直敘明朗的差別。

3、當周邦彥以副詞作爲領調字時，所領起分句的內蘊，如果是以景物暗點時序的變化，或是寫現實世界中爭奪名利、歌宴歡飲之景況者，其分句的組織方式多傾向於並列鋪排的方式；若是描寫人物之動作、經歷與情意變化者則多爲層進敘述的關係。至於比照映襯及回環互注兩種結構關係，則多半出現在以動詞作爲領調字的句段之中。之所以有此現象，乃因後兩種方式需要較大的騰挪空間，副詞的限制作用較大，比較不能充分提供廣闊的敘寫空間。但是柳永不論在以副詞或是動詞作爲領調字時，其後分句間的組織方式以層進敘述者最爲常見，此種現象對顯出周氏敘寫手法之細膩處與追求文字變化之構作企圖。

4、由於這些領調字各有其特殊的功用，能夠或多或少地限定事物的範圍，或是指明作者活動之狀態，因此讀者才能在景語、情事變化來去的堆垛中辨明各自的時空歸屬，並且組織起文章的意詠脈絡以進行解碼賞析的工作。各種領調字之運用甚能綴補詞中因爲時空交錯所造成之意脈中斷的現象。

5、大體來說，周邦彥往往未能由私我的情緒中跳脫出來，透過領調字的運用，詞中景致不斷地在今與昔之間對照變換，情感亦隨著

景致的變化而愈稠愈濃（與柳永直捷敘寫情感之手法、其情意之直率奔灑相比，此特色益加顯著）。由於其情緒大抵是不斷的加深、加重而非向上超脫，因此他的作品便恒常予人一種纏綿卻不免耽溺的綢繆美感，所能給予讀者之關於生命上的淨化效能較諸蘇詞與辛詞來得淡薄微弱。但由上述對於《清眞集》中副詞與動詞領調字的分析，我們可以得知周邦彥的文學技巧是多變、洗鍊的，其於藝術上的成就實不容抹殺。

結　論

《清眞集》總體風格之呈現

　　詞進入宋代之後出現了多種形態與流派。首先,「慢詞」的大量製作使詞體產生了重要的變革。由於宋代繁庶的城市經濟、歌舞臺榭間「新聲」的競起、民間文學的影響,致令柳永創製之慢詞展現了新的風貌:在題材內容上,添入了歌詠城市繁華、羈旅行役之作;音樂的變化促使篇幅擴增,新的創作手法與表現技巧應運而生;在語言風格上,因其興起於坊曲里巷,是以沾染了市井之氣,呈現了俚俗的語言色彩。一至於蘇軾之創寫,因其不願為格律所拘限,亦不喜落入歌花詠柳之舊有的創作窠臼中,於是整體創作出現了文字與音律多有不協之況,李清照於〈詞論〉中便直譏東坡詞作:小詞乃「句讀不葺之詩」,「又往往不協音律」,〔註1〕為「非格律派」詞人之代表。時至周邦彥,一方面審音杜律、精於格律,一方面用心於文字風格之凝塑,因此詞之風格至北宋出現了如下之分歧:

〔註 1〕見〔宋〕李清照著、王學初校注,《李清照集校注》(台北:里仁書局,1982),頁 194、195。

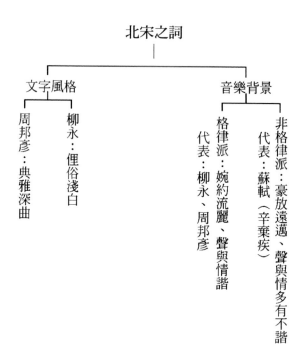

此種分歧實乃源自於詞家對於詞作之體性與功能認知上之差異。此種觀念上的分歧一旦落實於創作之中，我們便可於各個項目間，具體而細密地尋得詞家形塑整體詞作風格之過程及其用心所在。配合著詞作體式與語言文字運作的細部項目，我們甚能清晰地查見周邦彥與其他詞家對於詞作風格之認知與選擇。

詞進入北宋，音樂背景與文字風格分岐之現象

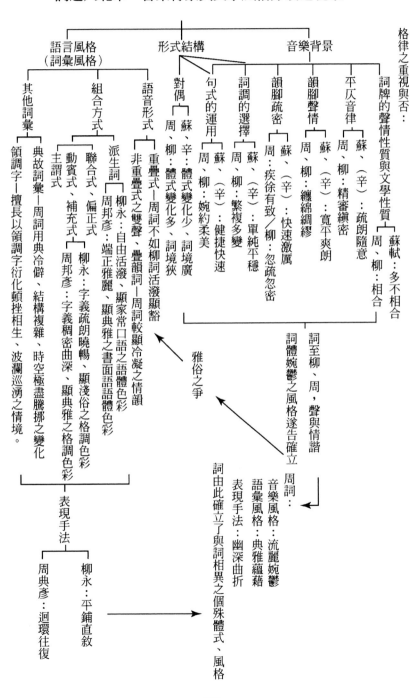

　　在音樂背景上，由於周邦彥精熟樂律並能自度曲牌，是以在音樂風格之考量上，其透過對詞調形式的選擇，平仄音律的考量，韻腳聲情、韻腳疏密的安置，以及句式的運用等，重新凝塑了詞體婉約柔美之聲情特徵，並與詞牌的樂曲風格相諧相和，向上承續了柳永對於詞作音樂背景之認知，確立了詞體婉鬱迴旋之音聲風貌。

　　在形式結構上或語言文字上，自大的語言片斷以論，周邦彥透過對偶的形式變化——以領調字帶起各種不同的句式——以構成詞體特有之文學體式，翻轉出形式結構上的變化之美；但在意義空間上，則不求對比與張力之美，只透過反覆詠嘆以追尋一種迷濛幽怨的情緒與氛圍。自詞彙現象觀之，周邦彥透過語音形式詞彙（重疊式、非重疊式之雙聲、疊韻）、不同組合方式之詞彙（派生詞、聯合式、偏正式、動賓式、補充式、主謂式）的選擇，塑造了典雅之格調色彩以及雅正之書面語語體色彩，一改柳詞淺白俚俗之語言風貌，而令詞體風格走回晏、歐以來雅正之風貌。在表現手法上，由周氏對於各種型態詞彙之運用以及典故詞彙、領調字之運使，得見其一轉柳詞之平鋪直敘爲迴環往復、跌宕騰挪之特色。

　　劉肅於《片玉集注》論《清眞集》之風格時指出：

　　　　周美成以旁搜遠紹之才，寄情長短句，縝密典麗，流風可仰；其徵辭引類，推古誇今，或借字用意，言言皆有來歷，眞足冠冕詞林。〔註2〕

　　經由本文之爬梳及說明，我們不難清晰地辨明：劉肅所論實觸及了清眞詞的三個特色：文字風格「典麗」、結構「縝密」以及繁用典故。周邦彥此種種風格特色不論於體式上或語言文字上皆重新奠定了詞體雅柔密麗之主體風格，之於南宋「雅詞」之形成影響甚鉅。

〔註2〕見〔宋〕周邦彥著、陳元龍校注，《清眞集》，頁6。

附　錄

案：附錄之內容大抵分爲兩類，第一類包括元人陸輔之於《詞旨》中所列出的對句六十一則。《詞旨》中的資料主要依據唐圭璋編校之《詞話叢編》謄錄而出。第二類包括了三個表格：「柳、周詞牌聲情一覽表」、「周詞韻部整理」以及「清眞集句式一覽表」。此三個表格，「柳、周詞牌聲情一覽表」爲筆者獨立完成之檢索成果，「周詞韻部整理」與「清眞集句式一覽表」則以八十二學年度淡江大學中研所曹淑娟先生開設之「詞學研究」一門課，高慈惠、陳逸玫等同學共同完成之表格爲憑據，酌加增修整理而成。

附錄一：柳、周、蘇詞牌聲情一覽表

宮　調	樂調聲情《中原音韻》	樂調聲情《詞筌》	詞　牌	詞人使用概況 柳／周／蘇
仙呂宮	清新綿邈	飄逸綿邈	「南歌子」	0／3／19
			「河瀆神」	0／0／0
			「好事近」	0／0／3
			「玉蝴蝶」	1／0／0
			「臨江仙」慢詞（樂章集定）	1／0／0
			「傾杯樂」	1／0／0
			「笛家弄」	1／0／0
			「鶴沖天」	1／0／0

			「如魚水」	1／0／0
			「春遊」	4／0／0
			「滿江紅」	3／1／5
			「洞仙歌」	1／0／2
			「引駕行」	1／0／0
			「望遠行」	1／0／0
			「八聲甘州」	1／0／1
			「竹馬子」	1／0／0
			「望海潮」	1／0／0
			「小鎮西」	1／0／0
			「小鎮西犯」	1／0／0
道　宮	飄逸清幽		「凌波神」	0／0／0
			「望瀛」	0／0／0
			「薄媚」	0／0／0
			「夜飛鵲」	0／2／0
			「慶芳春慢」	0／0／0
			「月中仙慢」	0／0／0
			「歸自謠」	0／0／0
總　計				21／6／30
中呂宮	高下閃賺	曲折隱約	「菩薩蠻」	0／1／21
			「西江月」	1／0／13
			「望遠行」	2／0／0
			「杏園春」	0／0／0
			「上林春」	0／0／0
			「晝夜樂」	2／0／0
			「踏莎行」	0／0／0
			「相思兒令」	0／0／0
			「師師令」	0／0／0
			「山亭燕慢」	0／0／0
			「謝池春慢」	0／0／0
			「南鄉子」（又入商調）	0／6／17

			「送征衣」	1／0／0
			「柳腰輕」	1／0／0
			「梁州令」	1／0／0
			「臨江仙」令詞	0／0／14
般涉調	拾掇坑塹		「蘇幕遮」	0／2／1
			「漁家傲」	0／2／6
			「哨遍」	0／2／2
			「夜遊宮」（此曲讀來無「曲折隱微」之感）	0／2／1
			「洞仙歌」（亦可入「中呂」、「仙呂」二調）	0／0／2
			「塞孤」	1／0／0
			「瑞鷓鴣」	2／0／0
			「安公子」	2／0／0
總　計				13／15／77
正　宮（正黃鐘宮）	惆悵雄壯	雄壯	「傾杯樂」	0／0／0
			「涼州」	0／0／0
			「梁州」	0／0／0
			「瀛府」	0／0／0
			「齊天樂」	0／2／0
			「玉窗寒」	0／0／0
			「鬥百花」	3／0／0
			「雪梅香」	1／0／0
			「尾犯」	1／0／0
			「甘草子」	2／0／0
			「早梅芳」	0／2／0
			「醉垂鞭」	0／0／0
			「曲江秋」	0／0／0
			「六州」	0／0／0

			「黃鶯兒」	1／0／0
			「醉翁操」	0／0／1
			「玉女搖仙珮」	1／0／0
高　宮	（缺）		「靜三邊」	0／0／0
			「安邊塞」	0／0／0
			「遊兔園」	0／0／0
			「惜春」	0／0／0
			「纏令神曲」	0／0／0
總　計				9／4／1
大石調	風流蘊藉	蘊藉柔靡	「燭影搖紅」	0／1／0
			「驀山溪」	0／3／0
			「念奴嬌」	0／1／2
			「西河」	0／2／0
			「曲玉管」	1／0／0
			「傾杯」	1／0／0
			「迎新春」	1／0／0
			「滿朝歡」	1／0／0
			「夢還京」	1／0／0
			「鳳銜杯」	2／0／0
			「愛恩深」	1／0／0
			「看花回」	2／0／0
			「柳初新」	1／0／0
			「兩同心」	2／0／0
			「女冠子」	1／0／0
			「瑞龍吟」	0／1／0
			「風流子」	0／2／0
			「還京樂」	0／1／0
			「玲瓏四犯」	0／1／0
			「望江南」	0／2／0
			「隔蒲蓮」	0／1／0
			「過秦樓」	0／1／0
			「側犯」	0／1／0

			「塞翁吟」	0／1／0
			「雙葉飛」	0／1／0
			「醉桃源」	0／2／0
			「醜奴兒」	0／1／0
			「尉遲杯」	0／1／0
			「繞佛閣」	0／1／0
			「紅羅襖」	0／1／0
			「玉樓春」	0／4／0
				0／1／0
			「感皇恩」	
小石調	旖旎嫵媚		「法曲獻仙音」（亦入大石調）	1／1／0
			「渡江雲」	0／1／0
			「秋蕊香引」	1／0／0
			「西平樂」	1／1／0
			「蝶戀花」（《清真集》入商調）	3／10／16
			「四園竹」	0／1／0
			「花犯」	0／1／0
			「一寸金」	0／1／0
總　計				20／46／18
高平調	條暢晃漾	活潑舒暢	「瑞鶴仙」	0／2／0
			「拜星月慢」（又入「般涉調」）	0／1／0
			「定西番」	0／0／0
			「酒泉子」	0／0／0
			「木蘭花」	0／1／0
			「解語花」	0／1／0
雙　調	健捷激裊		「搗練子」	0／0／0
			「婆羅門令」	1／0／0
			「江城子」	0／0／13
			「長相思」	0／4／0
			「醉太平」（例外）	0／0／0

				「巫山一段雲」	5／0／0
				「采桑子」	0／3／1
				「小重山」	0／0／0
				「生查子」	0／0／1
				「醉花間」	0／0／0
				「謁金門」	0／0／3
				「御街行」	2／0／0
				「翠樓吟」	0／0／0
				「雨霖鈴」（頗極哀怨）	1／0／0
				「調笑令」	0／0／0
				「荷葉杯」	0／0／0
				「定風波」（一入「林鐘商」）	1／1／9
				「尉遲杯」	1／0／0
				「慢卷紬」	1／0／0
				「征部樂」	1／0／0
				「佳人醉」	1／0／0
				「迷仙引」	1／0／0
				「歸朝歡」	1／0／1
				「采蓮令」	1／0／0
				「秋夜月」	1／0／0
				「行香子」	0／0／7
				「何滿子」	0／0／1
				「掃花遊」	0／1／0
				「秋（樂）香」	0／1／0
				「迎春樂」	0／2／0
				「落索」	0／3／0
				「紅林檎近」	0／2／0
				「玉燭新」	0／1／0
				「黃鸝繞碧樹」	0／1／0
				「芳草渡」	0／1／0
總　計					18／25／36

商　調 （林鐘商）	悽愴怨慕	悲怨	「浪淘沙慢」（周邦彥《清眞集》訂）	0／2／0
			「霓裳中序第一」	0／0／0
			「更漏子」（亦入「大石調」及「林鐘商」）	0／0／1
			「三部樂」	0／1／1
			「應天長」	0／1／0
			「解連環」	0／1／0
			「垂絲釣」	0／1／0
			「訴衷情」	0／3／0
			「丁香結」	0／1／0
			「氏州第一」	0／1／0
			「解蹀躞」	0／1／0
			「少年遊」	0／4／0
			「品令」	0／1／0
			「定風波」	0／1／0
商　調	（缺）	（缺）	「三字令」	0／0／0
			「少年遊」（變化頗多）	10／0／3
			「風入松」	0／0／0
			「木蘭花」	0／0／0
			「醉蓬萊」	1／0／1
			「二郎神」	1／0／0
			「玉樓春」	12／5／0
			「金蕉葉」	1／0／0
			「長相思」	1／0／0
			「駐馬聽」	1／0／0
			「破陣樂」	1／0／0
			「古傾杯」	1／0／0
			「雙聲子」	1／0／0
			「傾杯樂」	1／0／0
			「陽臺路」	1／0／0
			「內家嬌」	1／0／0

			「宣清」	1／0／0
			「雨中花慢」	1／0／3
			「定風波」	1／0／0
			「訴衷情近」	2／0／3
			「留客住」	1／0／0
			「迎春樂」	1／0／0
			「隔簾聽」	1／0／0
			「鳳歸雲」	1／0／0
			「抛球樂」	1／0／0
			「集賢賓」	1／0／0
			「滯人嬌」	1／0／3
			「思歸樂」	1／0／0
			「應天長」	1／0／0
			「合歡帶」	1／0／0
			「訴衷情」	1／0／0
			「傷情怨」	0／1／0
南呂宮	感歎傷悲		「憶江南」	0／2／2
			「番女怨」	0／0／0
總　計				49／26／17
角　調	嗚咽悠揚	（缺）	（缺）	（缺）
商角調	悲傷宛轉	（缺）	（缺）	（缺）
黃鐘宮	富貴纏綿	莊嚴	「漁歌子」	0／0／4
			「浣溪沙」（又入「中呂宮」）	0／12／47
			「朝中措」	0／0／0
			「人月圓」	0／0／0
			「劍器近」（一屬黃鐘宮）	0／0／0
			「喜遷鶯」	0／2／0
			「虞美人」	0／6／8
			「傾杯」	1／0／0
			「華胥引」	0／1／0
總　計				1／21／59

宮　調	典雅沉重	（缺）	（缺）	（缺）
越　調	陶寫冷笑	冷雋	「憶舊遊」	0／1／0
			「祝英臺近」	0／0／1
			「水龍吟」	0／1／6
			「石州慢」	0／0／0
			「蘭陵王」	0／1／0
			「清平樂」（又入「大石調」）	1／1／1
			「瑣窗寒」	0／1／0
			「丹鳳吟」	0／1／0
			「慶春宮」	0／1／0
			「大（哺）」	0／1／0
			「鳳來朝」	0／1／0
總　計				1／9／8
歇指調	急並虛歇	（缺）	「浪淘沙令」	1／0／1
			「浪淘沙慢」（《樂章集》訂）	1／0／0
			「卜算子」	1／0／2
			「鵲橋仙」（風格與「卜算子」異）	1／1／2
			「永遇樂」	2／0／3
			「上行杯」	0／0／0
			「夏雲峰」	1／0／0
			「荔枝香近」	1／0／0
			「祭天神」	1／0／0
總　計				9／1／8
中呂調	（缺）	（缺）	「滿庭芳」	0／4／6
			「水調歌頭」	0／1／3
			「天仙子」（或入「仙呂調」）	0／0／1
			「宴清都」	0／1／0

				「六醜」	0／1／0
				「夜半樂」	1／0／0
				「戚氏」	1／0／1
				「輪臺子」	1／0／0
				「引駕行」	1／0／0
				「彩雲歸」	1／0／0
				「洞仙歌」	1／0／0
				「離別難」	1／0／0
				「擊梧桐」	1／0／0
				「祭天神」	1／0／0
				「過澗歇」	1／0／0
				「安公子」	1／0／0
				「菊花新」	1／0／0
				「迷神引」	1／0／0
				「促拍滿路花」	1／0／0
				「六么令」	1／0／0
				「剔銀燈」	1／0／0
				「紅窗睡」	1／0／0
				「臨江仙」	1／0／0
				「鳳歸雲」	1／0／0
				「女冠子」	1／0／0
				「玉山枕」	1／0／0
				「減字木蘭花」	1／0／0
				「甘州令」	1／0／0
				「西施」	1／0／0
				「玉樓春」	1／0／0
				「河轉」	2／0／0
				「歸去來」	1／0／0
				「燕歸梁」	1／0／0
				「綺寮怨」	0／1／0
				「如夢令」	0／2／0
				「意難忘」	0／1／0
總　計					29／11／11

夾鐘商	（缺）	（缺）	「漢宮春」	0／0／0
仙呂調	（缺）	（缺）	「如夢令」	0／0／5
			「木蘭花令」	0／2／6
			「減字木蘭花」	0／1／27
			「偷聲木蘭花」	0／0／0
			「千秋歲」（又入歇指調）	0／0／1
			「絳都春」	0／0／0
			「望遠行」	1／0／0
			「河傳」（又入「南呂宮」）	0／0／0
			「郭郎兒近拍」	1／0／0
			「西施」	1／0／0
			「滿路花」	0／2／0
			「歸去難」	0／1／0
			「玉樓春」	0／1／0
總　計				3／7／39
南呂調	（缺）	（缺）	「木蘭花慢」	2／0／0
			「透碧霄」	1／0／0
			「臨江仙」	2／0／0
			「瑞鷓鴣」	1／0／0
			「憶帝京」	1／0／0
總　計				7／0／0
平　調	（缺）	（缺）	「望漢月」	1／0／0
			「瑞鷓鴣」	1／0／2
			「歸去來」	1／0／0
			「長壽樂」	1／0／0
			「燕歸梁」	1／0／0
			「鷓鴣天」	0／0／2
			「菩薩蠻」	0／1／0
總　計				5／1／4
大呂調	（缺）	（缺）	「西河」	0／1／0
總　計				0／1／0

附錄二：元‧陸輔之《詞旨》——〈屬對凡三十八則〉
及〈樂笑翁奇對凡二十三則〉

一、屬對凡三十八則

小雨分山，斷雲籠日。（田不伐〈探春〉）

煙橫山腹，雁點秋容。（吳叔〈聲聲慢〉）

問竹平安，點花番次。徐淵，不明）

稚柳蘇晴，故溪歇雨。（周美成〈西平樂〉）

虛閣籠雲，小簾通月。（姜白石〈法曲獻仙音〉）

蟬碧勾花，雁紅攢月。（丁宏庵〈法曲獻仙音〉）

落葉霞飄，敗窗風咽。（吳夢窗〈法曲獻仙音〉）

風拍波驚，露零秋冷。（前人〈法曲獻仙音〉）

花匣么弦，象奩雙陸。（樓君亮〈法曲獻仙音〉）

珠鞚花輿，翠翻蓮額。（前人，不明）

汗粉難融，袖香新竊。（前人，不明）

種石生雲，移花帶月。（翁處靜〈齊天樂〉）

斷浦沉雲，空山掛雨。（史邦卿〈齊天樂〉）

畫裏移舟，詩邊就夢。（前人〈齊天樂〉）

硯凍凝花，香寒散霧。（周草窗〈齊天樂〉）

繫馬橋空，移舟岸易。（黃雙溪〈齊天樂〉）

疏綺籠寒，淺雲棲月。（丁宏庵，不明）

竹深水遠，臺高石出。（施梅川，不明）

香茸沾袖，粉甲留痕。（前人，不明）

就船換酒，隨地攀花。（前人，不明）

調雨為酥，催冰作水。（王通叟〈慶清朝〉）

做冷欺花，將煙困柳。（史邦卿〈綺羅香〉）

巧剪蘭心，偷黏荢甲。（前人〈東風第一枝〉）

羅袖分香，翠綃封淚。（陳同甫〈水龍吟〉）

池面冰膠，牆腰雪老。（姜白石〈一萼紅〉）

枕簟邀涼，琴書換日。（前人〈惜紅衣〉）

薄袖禁寒，輕妝媚晚。（孫花翁〈晝錦堂〉）

倒葦沙閒，枯蘭潄令。（高竹屋〈齊天樂〉）

綠芰擎霜，黃花招雨。（前人，不明）

紫曲送香，綠窗夢月。（李質房〈踏莎行〉）

暗雨敲花，柔風過柳。（前人，不明）

霜杵敲寒，風燈搖夢。（吳夢窗，不明）

盤絲繫腕，巧篆垂簪。（前人〈澡蘭香〉）

翠葉垂香，玉容消酒。（姜白石〈念奴嬌〉）

金谷移春，玉壺貯暖。（張寄閒，不明）

擁石池臺，約花闌檻。（前人，不明）

問月賒晴，憑春買夜。（丁湖南〈齊天樂〉）

醉墨題香，閒簫弄玉。（周草窗〈長亭怨慢〉）

二、樂笑翁奇對凡二十三則

隨花甃石，就泉通沼。（〈掃花遊〉，高疏寮東墅園）

斷碧分山，空簾剩月。（〈瑣窗寒〉，悼王碧山）

沙淨草枯，水平天遠。（〈解連環〉，孤雁）

接葉巢鶯，平波捲絮。（〈高陽臺〉，西湖春感）

晴光轉樹，曉氣分嵐。（〈聲聲慢〉，西湖）

鶴響天高，水流花淨。（〈壺中天〉，養拙園夜飲）

料理琴書，夷猶今古。（〈眞珠簾〉，近雅軒即事）

款竹門深，移花檻小。（〈一萼紅〉，周草窗新居）

掃苔尋徑，撥葉通池。（同上）

亂雨敲春，深煙帶晚。（〈瑣窗寒〉，旅窗孤寂，雨意垂垂，買舟西渡未能也，賦此爲錢塘故人韓竹閒問）

開簾過雨，隔水呼燈。（〈憶舊遊〉，吳山醉飲寄沈道克諸公）

浪卷天浮，山邀雲去。(〈壺中天〉，渡黃河)

岸角衝波，籬根聚葉。(〈湘月〉，戊子冬晚遊山陰)

波蕩蘭觴，鄰分杏酪。(〈慶宮春〉，都下寒食，游人甚盛，水邊花外，多麗環集，各以柳圈袚禊而去，亦京洛舊事也。)

雲映山輝，柳分溪影。(〈法曲獻仙音〉，聽琵琶有感昔遊)

荷衣消翠，蕙帶餘香。(〈聲聲慢〉，送友還杭州)

淺草猶霜，融泥未燕。(〈慶清朝〉，韓亦顏隱居)

香尋古字，譜掐新聲。(〈甘州〉，杭州晤趙文叔)

行歌趁月，喚酒延秋。(〈解語花〉，吳子雲家妓愛菊，有朝雲之感)

穿花省路，傍柳尋鄰。(〈聲聲慢〉，己亥歲自台回杭，雁旅數月，忽起遠興。余舟冉老矣，誰能重寫舊游編否)

門當竹徑，鷺管臺磯。(〈聲聲慢〉，賦漁隱)

鬢絲涇霧，扇錦翻桃。(〈聲聲慢〉，和韓竹閒韻，贈歌者關關在兩水居)

因花整帽，借柳維舟。(〈聲聲慢〉，吳中感舊)

附錄三:《清眞集》韻格一覽表

案:此表爲民國八十二學年度淡江大學中研所曹淑娟先生開設之「詞學研究」一門課修課同學高慈慧、廖美珍、齊秀玲、陳逸玫共同完成之研究結果,不敢掠美,特此說明之。

一、平韻格

詞牌名	闋 數	首　　句	韻　部
南鄉子	5	晨色動妝樓	12
		秋氣繞城闉	6
		夜寒夢初醒	11
		戶外井桐飄	8
		輕軟舞時腰	8
浣溪沙	10	不爲蕭娘舊約寒	7
		翠葆參差竹徑成	11
		寶扇輕圓淺畫繒	11
		薄薄紗幮望似空	1
		爭挽桐花兩鬢垂	3
		雨過殘紅濕未飛	3
		日薄塵飛官路平	11
		貪向津亭擁去車	4
		樓上晴天碧四垂	3
		日射欹紅臘蒂香	2
塞翁吟	1	暗葉啼風雨	1
一翦梅	1	一翦梅花萬樣嬌	8
水調歌頭	1	今夕月華滿	7
綺寮怨	1	上馬人扶殘醉	11
長相思	4	舉離觴	2
		馬如飛	3
		好風浮	12
		沙堂舟	12

醉桃源	2	冬衣初染遠山青	11
		菖蒲葉老水平沙	10
憶舊游	1	記愁橫淺黛	8
慶春宮	1	雲接平崗	11
西平樂	1	稚柳蘇晴	10
紅林檎近	2	高柳春繞	2
		風雲驚初霽	7
望江南	2	歌席上	3
		遊妓散	9
滿庭芳	1	風老鶯雛	7
風流子	2	楓林凋晚葉	2
		新綠小池塘	3
夜飛鵲	1	河橋送人處	3
意難忘	1	衣染鶯黃	2
月中行	1	蜀絲趁日染乾紅	1
少年遊	4	并刀如水	11
		簪牙縹渺小倡樓	12
		南都石黛掃晴山	7
		朝雲漠漠散輕絲	3
醜奴兒	3	肌膚綽約眞仙子	2
		南枝度臘開全少	7
		香梅開後風傳信	3
南柯子	3	寶合分時果	11
		膩頸凝酥白	1
		桂魄分餘暈	13
燕歸梁	1	簾底心霜一夜濃	1
鎖陽臺	3	山崦籠春	6
		花撲鞭鞘	2
		白玉樓高	5
長相思慢	1	夜色澄明	11
紅羅襖	1	畫燭尋懽去	3
訴衷情	3	出林杏子落金盤	7
		隄前亭午未融霜	3
		當時選舞萬人長	7

二、仄韻格

詞牌名	闋　數	首　　句	韻　部
解蹀躞	1	候館丹楓吹盡	4
蕙蘭芳引	1	寒瑩晚空	15
六么令	1	快風收雨	8、15
滿路花	3	金花落燼燈	15
		簾烘淚雨乾	9
（歸去難）		佳約人未知	7
氏州第一	1	波落寒汀	8
尉遲杯	1	隋隄路	4
垂絲釣	1	縷金翠羽	4
粉蝶兒慢	1	宿霧藏春	7、14
紅窗迥	1	幾日來	3
念奴嬌	1	醉魄乍醒	17
看花迥	2	秀色芳容明眸	18
		風初散輕暖	18
黃鸝繞碧樹	1	雙闕籠佳氣	4
芳草渡	1	昨夜裏	4
荔枝香近	2	照水殘紅雪亂	4
		夜來寒侵酒席	7
六醜	1	正單衣試酒	17
掃花遊	1	曉陰翳日	4
瑞龍吟	1	章臺路	4
大酺	1	對宿煙收	15
法曲獻仙音	1	蟬咽涼柯	4
應天長	1	條風布暖	17
傷情怨	2	枝頭風信漸小	8
（關河令）		秋陰時晴漸向暝	11
水龍吟	1	素允應怯餘寒	3

塞垣春	1	暮色分平野	10
華胥引	1	川原澄映	18
倒犯	1	霽景對霜蟾乍昇	8
花犯	1	粉牆低	3
齊天樂	1	綠蕪凋盡臺城路	7、14
玉樓春	5	當時攜手城東道	8（仄）
		玉琴虛下傷心淚	3
		大隄花豔驚郎目	15
		玉奩收起新妝了	8
		桃溪不作從容住	4
品令	1	夜闌人靜	11、6
秋蕊香	1	乳鴨池塘水暖	7
側犯	1	暮霞霽雨	11
玉團兒	1	鉛華淡佇新妝束	15
宴清都	1	地僻無鐘鼓	4
蘭陵王	1	柳陰直	17
鎖窗寒	1	暗柳啼鴉	4
感皇恩	2	露柳好風標	4
		小閣倚晴空	11
宴桃源	2	塵暗一枰文繡	12
		門外迢迢行路	4
隔浦蓮近拍	1	新篁搖動翠葆	8
漁家傲	2	灰暖香融銷永晝	12
		幾日輕陰寒惻惻	7
蘇幕遮	1	燎沉香	4（仄）
蝶戀花	10	愛日輕明新雪後	12
		桃萼新香梅落後	12
		小閣陰陰人寂後	12
		蠶蠶黃金初脫後	12
		晚步芳塘新霽後	12
		月皎驚烏栖不定	11
		魚尾霞生明遠樹	4

		美盼低迷情宛轉	7
		葉底尋花春欲暮	4
		酒熟微紅生眼尾	3
拜星月慢	1	夜色催更	7
還京樂	1	禁煙近	3
早梅芳近	2	花竹深	8（仄）
		繚牆深	8（仄）
解連環	1	怨懷無託	16（仄）
鵲橋仙令	1	浮花浪蕊	17
花心動	1	廉捲青樓	12
雙頭蓮	1	一抹殘霞	17
玲瓏四犯	1	穠李夭桃	14
丹鳳吟	1	迤邐春光無賴	16
大有	1	仙骨清羸	12
木蘭花令	2	歌時宛轉饒風措	4
		郊原雨過金英秀	12
驀山溪	4	樓前疏柳	4
		江天雲意	6
		湖平春水	3
（鬢雲鬆令）		鬢雲鬆	4
青玉案	1	良夜燈光簇如豆	12
繞佛閣	1	暗塵四斂	7
滿江紅	1	晝日移陰	15
丁香結	1	蒼蘚沿階	6
三部樂	1	浮玉飛瓊	18
西河	2	佳麗地	3
		長安道	3
一寸金	1	州夾蒼崖	16
瑞鶴仙	2	悄郊原帶郭	16
		暖煙籠細柳	17
浪淘沙慢	2	曉陰重	17

		萬葉戰	17
玉燭新	1	溪源新臘後	12
月下笛	1	小雨收塵	17
萬里香	1	千紅萬翠	3
浣溪紗慢	1	水竹舊院落	9
解語花	1	風銷絳蠟	10
點絳脣	4	孤館迢迢	6
		遼鶴歸來	3
		征騎初停	4
		臺上披襟	4
夜遊宮	3	客去車塵未歛	7
		葉下斜陽照水	3
		一陣斜風橫雨	4
南浦	1	淺帶一帆風	4
醉落魄	1	茸金細弱	16
留客住	1	嗟鳥兔	4
一落索	2	眉共春山爭秀	12
		杜宇催歸聲苦	4
迎春樂	3	清池小圃開雲屋	15
		桃溪柳曲閒蹤跡	17
		人人豔色明春柳	12
鳳來朝	1	逗曉看嬌面	7
霜葉飛	1	露迷衰草	8
過秦樓①	1	水浴清蟾	7

三、平仄通叶格

詞牌名	闋　數	首　　　句	韻　部
四園竹	1	浮雲護月	4
渡江雲	1	晴嵐低楚甸	10

四、平仄轉換格

詞牌名	闋　數	首　　句	韻　部
虞美人	6	燈前欲去仍留戀	仄 7、平 5、仄 7、平 3
		廉纖小雨池塘偏	仄 7、平 6、仄 4、平 6
		疏籬曲徑田家小	仄 8、平 1、仄 12、平 2
		淡雲籠月松溪路	仄 4、平 3、仄 8、平 21
		玉觸纔掩朱絃悄	仄 8、平 10、仄 7、平 11
		金閨平帖春雲暖	仄 7、平 8、仄 11、平 1
減字木蘭花	1	風鬟霧鬢	仄 6、平 11、仄 3、平 1
菩薩蠻	1	銀河宛轉三千曲	入 15、平 12、入 18、平 7
鶴沖天	2	梅雨霽	平 9、仄 7、平 7
		白角簟	平 4、平 4、仄 4、平 7

五、平仄錯叶格

詞牌名	闋　數	首　　句	韻　部
定風波	1	莫倚能歌斂黛眉	上片：平 3、平 3、仄 3、仄 3、平 3
			下片：平 3、仄 3、仄 3、平 3

〔補遺〕

一、平韻格

詞牌名	闋　數	首　　句	韻　部
十六字令	1	眠	7
浣溪紗	2	水漲魚天拍柳橋	8
		小院閒窗春色深	6
柳梢青	1	有箇人人	6
南鄉子	1	夜闌夢難收	12
晝錦堂	1	雨洗桃花	14

二、仄韻格

詞牌名	闋　數	首　　　句	韻　部
蘇幕遮	1	隴雲沉	8
憶秦娥	1	香馥馥	15
齊天樂	1	疏疏幾點黃梅	4
女冠子	1	同雲密布	4

綜合統計

詞格	平韻格	仄韻格	平仄通叶格	平仄轉換格	平仄錯叶格	共計
闋數	63	118	2	10	1	194

〔**參考書目**〕

1. 〔宋〕周邦彥著，《清真集》，台北：學海出版社，1991 年。

2. 聞汝賢發行，《御製詞譜》，殿印本縮印，1976 年。

3. 龍沐勛著，《唐宋詞格律》，台北：里仁書局，1986 年。

附錄四：《清眞集》句式一覽表

案：此表以民國八十二學年度淡江大學中研所曹淑娟先生開設之「詞學研究」一門課修課同學高慈慧、廖美珍、陳逸玫共同完成之研究結果爲基礎，酌加增修、調整，不敢掠美，特此說明之。又：①詞牌選取標準爲寫作三首以上之詞牌；②「＃」記號表示未押韻、「✽」記號表示押韻。

表一

詞牌名	點絳唇 4				夜遊宮 3		
首句	孤館迢迢	遼鶴歸來	征騎初停	台上披襟	客去車塵未斂	一陣斜風橫雨	葉下斜陽照水
句式	2 2 2#2# 。 。 2 2 5✽3✽ 。 。 2 3✽ 2#。 。 2 2 2# 3✽。 。 2 3✽ 。	2 2 2#2# 。 。 2 2 5✽3✽ 。 。 2 3✽ 2#。 。 2 2 2# 3✽。 。 2 3✽ 。	2 2 2#2# 。 。 4 2 3✽3✽ 。 。 2 3✽ 2#。 。 2 2 2# 3✽。 2✽ 3✽ 。	2 2 2#2# 。 。 4 2 3✽3✽ 。 。 2 3✽ 2#。 。 2 2 2# 3✽。 。 2 3✽ 。	2 4 4#1✽ 。 。 3 3 4#4# 。 。 4 4 3✽3✽ ，， 3✽3✽ ，， 3✽3✽ ，， 3✽3✽ 。 。	2 2 4#4# 。 。 3 3 4#4# 。 。 4 4 3✽3✽ ，， 3✽3✽ ，， 3✽3✽ ，， 3✽3✽ 。 。	2 2 4#3✽ 。 。 3 3 4#4# 。 。 4 4 3✽3✽ ，， 3✽3✽ ，， 3✽3✽ ，， 3✽3✽ 。 。

表　二

詞牌名	迎春樂 3			醜奴兒 3			玉樓春 5
首句	清池小圃開雲屋	桃溪柳曲閒蹤跡	人人豔色明春柳	肌膚綽約眞仙子	香梅開後風傳信	南枝度臘開全少	當時攜手城東道
句式	4 4 3*3* ○ ○ 3 3 3*4# ○ ○ 3 2 5*3* ○ ○ 3 3 3*3* ○ ○	4 4 3*3* ○ ○ 3 3 3*4# ○ ○ 3 2 5*3* ○ ○ 3 3 3*3* ○ ○	4 4 3*3* ○ ○ 3 3 3*4# ○ ○ 1 2 7*3* ○ ○ 3 3 3*3* ○ ○	4 2 3*5* ， ， 2 2 2#2# ○ ○ 2 2 2#2# ○ ○ 2 4 5*3* ○ ○	4 4 3*3* ， ， 2 1 2#3* ○ ○ 2 2 2#2# ○ ○ 2 4 5*3* ○ ○	4 4 3*3* ， ， 2 2 2#2# ○ ○ 2 2 2#2# ○ ○ 4 4 3*3* ○ ○	4 4 3*3* ○ ○ 4 4 3*3* ○ ○ 2 4 5*3* ， ， 2 4 5*3* ○ ○

表　三

詞牌名	玉樓春				南柯子 3		
首句	玉琴虛下傷心淚	大隄花豔驚郎目	玉奩收起新妝了	桃溪不作從容住	寶合分時果	膩頸凝酥白	桂魄分餘暈
句式	2 4 5＊3＊ ° ° 4 4 3＊3＊ ° ° 4 4 3＊3＊ ， ， 4 4 3＊3＊ ° °	4 4 3＊3＊ ° ° 4 4 3＊3＊ ° ° 2 2 5＊5＊ ， ， 2 4 5＊3＊ ° °	4 4 3＊3＊ ° ° 4 4 3＊3＊ ° ° 4 4 3＊3＊ ， ， 4 2 3＊5＊ ° °	4 4 3＊3＊ ° ° 4 4 3＊3＊ ° ° 4 4 3＊3＊ ， ， 4 4 3＊3＊ ° °	2 2 3＊3＊ ， ， 2 2 3＊3＊ ° ° 4 2 3＊5＊ ° 2 2 4＃4＃ ， ， 3＊3＊ ° °	2 2 3＊3＊ ， ， 2 2 3＊3＊ ° ° 4 2 3＊5＊ ° 2 2 4＃4＃ ， ， 2 2 2＃2＃ ° °	2 2 3＊3＊ ， ， 2 2 3＊3＊ ° ° 4 2 3＊5＊ ° 2 2 4＃4＃ ， ， 3＊3＊ ° °

表　四

詞牌名	南鄉子 5					訴衷情 3	
首句	晨色動妝樓	秋氣繞城闉	寒夜夢初醒	戶外井桐飄	輕軟舞時腰	出林杏子落金盤	隄前亭午未融霜
句式	2 2 3※3※ 。 。 4 4 3※3※ 。 。 4 4 3※3※ ， ， 2#2# 。 。 4 4 3※3※ 。 。	2 2 3※3※ 。 。 4 4 3※3※ 。 。 4 4 3※3※ ， ， 2#2# 。 。 4 4 3※3※ 。 。	2 2 3※3※ 。 。 4 4 3※3※ 。 。 4 2 3※5※ ， ， 2#2# 。 。 4 4 3※3※ 。 。	2 2 3※3※ 。 。 4 4 3※3※ 。 。 4 4 3※3※ ， ， 2#2# 。 。 4 4 3※3※ 。 。	2 2 3※3※ 。 。 4 4 3※3※ 。 。 4 4 3※3※ ， ， 2#2# 。 。 4 4 3※3※ 。 。	4 3※ 3※ ， 。 3※ 2 。 3※3※ 。 。 2 2 4#2# ， ， 2 2 3※2# 。 ， 2 2# 。	4 3※ 3※ ， 。 3※ 2 。 3※3※ 。 。 2 2 4#2# ， ， 2 2 3※2# 。 ， 2 2# 。

表　五

詞牌名	訴衷情	鎖陽臺 3		
首　句	當時選舞萬人長	山崦籠春	花撲鞭鞘	白玉樓高
句　式	4 3✷ 3✷， 。 3✷ 2 。 3✷3✷ 。 。 2 2 4#2# ， ， 2 2 3✷2# 。 ， 2 2 　2# 　。	2　　2# 2#2　，。 ，4#3✷2 2，，4# 2#3 2， ，4#2#3 2。，4# 4#3✷2　。 。，2#3✷ 2 2。， 2#2#1 2 ，，4#2# 2 2，， 3✷3✷2 2 。。2#。3✷	2　　2# 2#2　，。 ，4#3✷2 2，，4# 2#3 2， ，4#2#3 2。，4# 4#3✷2　。 。，2#3✷ 2 2。， 2#2#1 2 ，，4#2# 2 2，， 3✷3✷2 2 。。2#。3✷	2　　2# 2#2　，。 ，4#3✷2 2，，4# 2#3 2， ，4#2#3 2。，4# 4#3✷2　。 。，2#3✷ 2 2。， 2#2#1 2 ，，4#2# 2 2，， 3✷3✷2 2 。。2#。3✷

表　六

詞牌名	浣溪沙 10						
首　句	不爲蕭娘舊約寒	翠葆參差竹徑成	寶扇輕圓淺畫繪	薄薄紗幮望似空	爭挽桐花兩鬢垂	雨過殘紅濕未飛	日薄塵飛官路平
句　式	4　4 3＊3＊ ○　○ 4　4 3＊3＊ ○　○ 4　2 3＊5＊ ○　○	4　4 3＊3＊ ○　○ 4　4 3＊3＊ ○　○ 4　4 3＊3＊ ○　○	4　4 3＊3＊ ○　○ 4　4 3＊3＊ ○　○ 4　4 3＊3＊ ○　○	4　4 3＊3＊ ○　○ 4　4 3＊3＊ ○　○ 4　4 3＊3＊ ○　○	4　4 3＊3＊ ○　○ 4　4 3＊3＊ ○　○ 4　4 3＊3＊ ○　○	4　4 3＊3＊ ○　○ 4　4 3＊3＊ ○　○ 4　4 3＊3＊ ○　○	4　4 3＊3＊ ○　○ 4　4 3＊3＊ ○　○ 4　4 3＊3＊ ○　○

表　七

詞牌名	浣溪沙			少年遊			
首句	貪向津亭擁去車	樓上晴天碧四垂	日射欹紅臘蒂香	并刀如水	簹牙縹渺小倡樓	南都石黛掃晴山	朝雲漠漠散輕絲
句式	4 4 3✱3✱ ○ ○ 4 4 3✱3✱ ○ ○ 4 4 3✱3✱ ○ ○	4 4 3✱3✱ ○ ○ 4 4 3✱3✱ ○ ○ 4 4 3✱3✱ ○ ○	4 4 3✱3✱ ○ ○ 4 4 3✱3✱ ○ ○ 4 4 3✱3✱ ○ ○	2 3 2#4# , , 2 2 2#3✱ , 。 2 2 3✱2# 。 , 2 2 2#2# , , 2 2 2#3✱ , 。 2 3✱ 。	4 2 3✱5✱ ○ , 2 2 3✱4✱ , 。 2 2 2#2# , , 2 1 2#3✱ , , 2 2 3✱3✱ ○ 。	4 2 3✱5✱ ○ , 2 2 3✱3✱ , 。 2 2 2#2# , , 2 1 2#3✱ , , 2 2 3✱3✱ ○ 。	4 2 3✱5✱ ○ , 2 2 3✱3✱ , 。 2 2 2#2# , , 2 2 2#2# , , 2 2 3✱3✱ ○ 。

表　八

詞牌名	長相思 4				蝶戀花 10		
首句	舉離觴	馬如飛	好風浮	沙堂舟	愛日輕明新雪後	桃萼新香梅落後	小閣陰陰人寂後
句式	3✳3✳ 。　。 3✳3✳ 。　。 4　4 3✳3✳ 。　。 2　2 3✳3✳ 。　。	3✳3✳ 。　。 3✳3✳ 。　。 4　4 3✳3✳ 。　。 2　2 3✳3✳ 。　。	3✳3✳ 。　。 3✳3✳ 。　。 4　4 3✳3✳ 。　。 2　2 3✳3✳ 。　。	3✳3✳ 。　。 3✳3✳ 。　。 4　4 3✳3✳ 。　。 2　2 3✳3✳ 。　。	4　4 3✳3✳ 。　。 2　2 2#2# ，　， 1　3 4#2# 。　。 4　4 3✳3✳ 。　。 4　4 3✳3✳	4　4 3✳3✳ 。　。 2　2 2#2# ，　， 1　3 4✳2# 。　。 4　4 3✳3✳ 。　。 4　4 3✳3✳	4　4 3✳3✳ 。　。 2　2 2#2# ，　， 1　3 4✳2# 。　。 4　4 3✳3✳ 。　。 4　4 3✳3✳

表　九

詞牌名	蝶戀花						
首　句	蠢蠢黃金初脫後	晚步芳塘新霽後	月皎驚烏栖不定	魚尾霞生明遠樹	美盻低迷情宛轉	葉底尋花春欲暮	酒熟微紅生眼尾
句　式	4 4 3✳3✳ ○ ○ 2 2 2#2# , , 1 3 4#2# ○ ○ 4 4 3✳3✳ ○ ○ 4 4 3✳3✳ ○ ○	4 4 3✳3✳ ○ ○ 2 2 2#2# , , 2 2 3✳3✳ ○ ○ 4 4 3✳3✳ ○ ○ 4 4 3✳3✳ ○ ○	44 4 3✳3✳ ○ ○ 2 2 2#2# , , 2 2 3✳3✳ ○ ○ 4 4 3✳3✳ ○ ○ 4 4 3✳3✳ ○ ○	4 4 3✳3✳ ○ ○ 2 2 2#2# , , 1 3 4#2# ○ ○ 4 4 3✳3✳ ○ ○ 4 4 3✳3✳ ○ ○	4 4 3✳3✳ ○ ○ 2 2 2#2# , , 2 2 3✳3✳ ○ ○ 4 4 3✳3✳ ○ ○ 4 4 3✳3✳ ○ ○	4 4 3✳3✳ ○ ○ 2 2 2#2# , , 2 2 3✳1✳ ○ ○ 4 4 3✳3✳ ○ ○ 4 2 3✳5✳ ○ ○	4 4 3✳3✳ ○ ○ 2 2 2#2# , , 2 2 3✳3✳ ○ ○ 4 4 3✳3✳ ○ ○ 4 2 3✳5✳ ○ ○

表 十

詞牌名	驀山溪			(鬢雲鬆令)	滿路花		(歸去難)
首句	樓前疏柳	江天雪意	湖平春水	鬢雲鬆	金花落燼燈	簾烘淚雨乾	佳約人未知
句式	2 2 2#2# ，， 2 2 3*3* 。。 2 2 3*3* ，， 3 3 4#4# 。。 2 2 2#2# ，， 2 2 3*3* ，， 3*3* 。。 3*3* 。。 2 2 3*3* 。。	2 2 2#2# ，， 2 2 3*3* 。。 2 2 3*3* ，， 3 3 4#4# 。。 2 2 2#2# ，， 2 2 3*3* ，， 3*3* 。。 3*3* 。。 2 1 3*4* 。。	2 2 2#2# ，， 2 2 3*3* 。。 2 2 3*3* ，， 2 2 2#2# ，， 2 2 2#2# ，， 2 2 3*3* ，， 3*3* 。。 3*3* 。。 2 2 3*3* 。。	3*3* ，， 3*3* 。。 2 2 2#2# 。。 2 2 3*3* 。。 4 4 3*3* 。。 2 2 2#3* 。。 2 2 3*3* 。。	2 2 3*2# ，， 2 2 3*3* ，， 3*3* 。。 2 2 2#2# ，， 2 2 3*3* 。。 2 1 3*4# 。。 2 2 2#2# ，， 2 2 4#4# 。。	2 2 3*2# ，， 2 2 3*3* ，， 3*3* 。。 1 2 3*2# ，， 2 2 3*3* 。。 2 1 3*4# 。。 2 2 2#2# ，， 2 2 4#4# 。。	2 2 3*2# ，， 2 2 3*3* ，， 3*3* 。。 2 2 2#2# ，， 2 2 3*3* 。。 2 2 3*3# 。。 2 2 2#2# ，， 2 2 4#4# 。。

表十一

詞牌名	虞美人 6					
首句	燈前欲去仍留戀	簾纖小雨池塘遍	疏籬曲徑田家小	淡雲籠月松溪路	玉觴纔掩朱絃悄	金閨平帖春雲暖
句式	4 4 3※3※ ○ ○ 2 2 3※3※ ○ ○ 4 4 3※3※ ○ ○ 6 2 3※7※ ○ ○	4 4 3※3※ ○ ○ 3 2 2#3※ ○ ○ 4 2 3※5※ ○ ○ 6 2 3※7※ ○ ○	4 4 3※3※ ○ ○ 2 2 3※3※ ○ ○ 4 4 3※3※ ○ ○ 2 6 7※3※ ○ ○	4 4 3※3※ ○ ○ 2 2 3※3※ ○ ○ 4 4 3※3※ ○ ○ 4 6 5※3※ ○ ○	4 4 3※3※ ○ ○ 2 2 3※3※ ○ ○ 4 4 3※3※ ○ ○ 6 6 3※3※ ○ ○	4 4 3※3※ ○ ○ 2 2 3※3※ ○ ○ 4 4 3※3※ ○ ○ 2 4 7※5※ ○ ○

單、雙句式總計

詞牌名	闋　數	每闋句數	單式句	雙式句	特例備註
南鄉子	5	10	8	2	
浣溪沙	10	6	6		
少年遊	4	10	7	3	1、4
醜奴兒	3	8	4	4	2
南柯子	3	10	8	2	2
鎖陽台	3	21	6	15	3
訴衷情	3	10	6	4	
滿路花	3	18	11	7	1
玉樓春	5	8	8		
蝶戀花	10	10	8	2	1、4、7
驀山溪	3	18	12	6	2、3
點絳脣	4	9	5	4	
迎春樂	3	8	7	1	
夜遊宮	3	12	9	3	2
虞美人	6	8	8		
長相思	4	8	8		

參考書目

壹、專著部分

一、詞學論著

（一）

1. 朱祖謀校輯，《彊村叢書（一至二十）》，台北：廣文書局，1970 年。
2. 唐圭璋編，《全宋詞》，台北：宏業書局，1985 年。
3. 鄭騫編注，《詞選》，台北：中國文化大學，1988 年。
4. 張夢機、張子良編著，《唐宋詞選注》，台北：華正書局，1989。
5. 〔宋〕周邦彥著，《清眞集》，台北：學海出版社，1991 年。
6. 〔宋〕周邦彥著、張曦校箋，《片玉詞校箋》，台北：文津出版社，1972 年。
7. 〔宋〕周邦彥著、洪惟助訂校注評，《清眞詞訂校注評》，台北：華正書局，1982 年。
8. 〔宋〕周邦彥著，孫虹校注、薛瑞生訂補，《清眞集校注》，北京：中華書局，2002 年。
9. 〔宋〕柳永著，《樂章集》，台北：廣文書局，1973 年。
10. 〔宋〕蘇軾著、龍榆生箋，《東坡樂府箋》，台北：漢京出版公司，1983 年。
11. 〔宋〕秦觀著、徐培均校注，《淮海居士長短句》，上海：上海古籍出版社，1992 年。
12. 〔宋〕李清照著、王學初校注，《李清照集校注》，台北：里仁書局，1982 年。

13. 〔宋〕辛棄疾著、鄧廣銘箋注,《稼軒詞編年箋注》,台北:華正書局,1989 年。

14. 白敦仁著,《周邦彥詞賞析集》,四川:巴蜀書社,1988 年。

15. 梁雪芸選注,《柳永詞選》,台北:遠流出版公司,1989 年。

16. 楊鐵夫著,《清眞詞選箋釋》,台北:河洛出版社,1978 年。

17. 劉斯奮選註,《周邦彥詞選》,台北:遠流出版事業公詞,1988 年。

18. 蔣哲倫、劉坎龍選註,《周邦彥詞選》,北京:人民文學出版社,1993 年。

（二）

1. 王支洪著,《清眞詞研究》,台北:東大圖書公司,1978 年,北京:人民文學出版社,1993 年。

2. 朱傳譽主編,《周邦彥傳記資料》,台北:天一出版社,1985 年。

3. 洪惟助著,《詞曲四論》,台北:華正書局,1979 年。

4. 韋金滿著,《周邦彥詞研究》,台北:莊嚴出版社,1984 年。

5. 楊易霖著,《周詞訂律》,台北:學海出版社,1975 年。

6. 葉詠琍著,《清眞詞韻考》,台北:文史哲出版社,1972 年。

（三）

1. 王易著,《中國詞曲史》,台北:洪氏出版社,1981 年。

2. 方智范、鄭喬彬、周聖偉、高建中著,《中國詞學批評史》,北京:中國社會科學出版社,1994 年。

3. 王國維著、林玫儀導讀,《人間詞話》,台北:金楓出版社,1987 年。

4. 朱崇才著,《詞話學》,台北:文津出版社,1995 年。

5. 吳梅著,《詞學通論》,台北:商務印書館,1972 年。

6. 吳熊和著,《唐宋詞通論》,浙江:浙江古籍出版社,1989 年 2 版。

7. 李正輝、李華豐著,《中國古代詞史》台北:志一出版社,1995 年。

8. 金啓華著,《中國詞史論綱》,南京:南京出版社,1992 年。

9. 唐圭璋編,《詞話叢編（一至五）》,北京:中華書局,1993 年。

10. 劉熙載著,徐中玉、蕭華榮校點,《劉熙載論藝六種》,四川:巴蜀書社,1990 年。

11. 劉慶雲編著、王偉勇編審,《詞話十論》,台北:祺齡出版社,1995 年。

12. 薛礪若著,《宋詞通論》,台北:開明書局,1982 年 8 版。

13. 謝桃坊著,《宋詞概論》,四川文藝出版社,1992 年。

14. 謝桃坊著,《中國詞學史》,四川:巴蜀書社,1993 年。

15. 龔兆吉編著,王偉勇編審,《歷代詞論新編》,台北:祺齡出版社,1995 年。

（四）

1. 〔清〕萬樹著,《詞律》,台北:中華書局,1966 年。

2. 〔清〕萬樹著,《詞律》,台北:商務印書館,1968 年。

3. 聞汝賢纂述,《詞牌彙釋》,台北:龍泉街,1963 年。

4. 夏敬觀著,《詞調溯源》,臺灣:商務印書館,1967 年。

5. 張夢機著,《詞律探原》,台北:文史哲出版社,1981 年。

6. 龍沐勛著,《唐宋詞格律》,台北:里仁書局,1986 年。

7. 呂正惠著,《詩詞曲格律淺說》,台北:大安出版社,1991 年。

8. 徐信義著,《詞譜格律原論》,台北:文史哲出版社,1995 年。

（五）

1. 中華文化復興運動推行委員會,文藝研究促進委員會編,《詩詞曲的研究》,台北:中華文化復興運動推行委員會,1991 年。

2. 狄兆俊著,《填詞指要》,江西:百花洲文藝出版社,1990 年。

3. 村上哲見著、邵毅平譯,《日本學者中國詞學論文集》,上海:上海古籍出版社,1991 年。

4. 沈家莊著,《竹窗簃-詞學論稿》,廣西:廣西師範大學,1994 年。

5. 余毅恒著,《詞筌（增訂本）》,台北:正中書局,1991 年。

6. 林玫儀著,《詞學考詮》,台北:聯經出版社,1987 年。

7. 俞平伯著,《清真詞釋》,台北:臺灣開明書店,1982 年。

8. 俞平伯著,《俞平伯詩詞曲論著》,台北:長安出版社,1986 年。

9. 施議對著,《詞與音樂關係研究》,北京:中國社會科學出版社,1985 年。

10. 師大國文系編,《詞學集刊》,台北:臺灣師範大學出版社,1966 年。

11. 夏承燾著,《唐宋詞論叢》,台北:華正書局,1974 年。

12. 夏承燾著,《唐宋詞欣賞》,台北:文津出版社,1983 年。

13. 夏承燾著,《天風閣學詞日記（二）》,浙江:浙江古籍出版社,1992 年。

14. 孫立著,《詞的審美特性》,台北:文津出版社,1995 年。

15. 徐柚子著,《詞範》,華東:華東師範大學出版社,1993 年。

16. 唐玲玲著,《東坡樂府研究》,四川:巴蜀書社,1993 年。

17. 梁榮基撰,《詞學理論綜考》,北京:北京大學出版社,1991 年。

18. 張夢機著,《詞箋》,台北:三民書局,1971 年。

19. 陳弘治著,《詞學今論》,台北:文津出版社,1971 年。

20. 梁啓勳撰,《詞學》,台北:河洛圖書出版社,1975 年。

21. 陳滿銘著,《詩詞新論》,台北:萬卷樓圖書公司,1994 年。

22. 曹銘校編,《東坡詞編年校注及其研究》,台北:華正書局,1975 年。

23. 葉嘉瑩著,《唐宋名家詞賞析(1~4)》,台北:大安出版社,1988 年。

24. 葉嘉瑩著,《靈谿詞說》,台北:國文天地雜誌社,1989 年。

25. 葉嘉瑩著,《王國維及其文學批評》,台北:冠桂出版公司,1993 年。

26. 曾大興著,《柳永和他的詞》,廣東:中山大學出版社,1990 年。

27. 葉鈞著,《周姜詞》,台北:商務印書館,1981 年。

28. 楊海明著,《唐宋詞的風格學》,台北:木鐸出版社,1987 年。

29. 趙爲民、程郁綴選輯,《詞學論薈》,台北:五南圖書公司,1989 年。

30. 蔡德安著,《詞學新論》,台北:正中書局,1970 年。

31. 鄭騫著,《景午叢編》,台北:中華書局,1972 年。

32. 賴本橋著,《詞曲散論》,台北:文津出版社,1980 年。

33. 《詞學淺說》,台北:學海出版社出版,1979 年。

二、相關文史哲論著

(一)

1. 〔南朝〕劉勰著,周振甫注,周振甫等譯,《文心雕龍注釋 (附今譯)》,台北:里仁書局,1984 年。

2. 楊家駱主編,《新校本南齊書附索引》,台北:鼎文書局,1990 年。

3. 楊家駱主編,《新校本新唐書附索引》,台北:鼎文書局,1989 年。

4. 〔唐〕弘法大師著,《文鏡秘府論》,台北:河洛圖書,1976 年。

5. 〔唐〕杜甫著、楊倫編輯,《杜詩鏡銓》,台北:華正書局,1986 年。

6. 〔唐〕杜甫著、仇兆鰲注,《杜詩詳注》,台北:里仁書局,1980 年。

7. 〔宋〕郭茂倩編撰,《樂府詩集》,台北:里仁書局,1981 年。

8. 〔宋〕胡仔纂集、廖德明校點,《苕溪漁隱叢話(前集、後集)》,台北:木鐸出版社,1982 年。

9. 〔宋〕魏慶之撰,《詩人玉屑》,台北:臺灣商務,1968 年。

10. 〔宋〕彭□輯撰、孔凡禮點校,《墨客揮犀》,北京:中華書局,2004 年。

11. 〔宋〕陸游撰,《渭南文集》,四部叢刊、上海涵芬樓影本,台北:臺灣商務,1979 年。

12. 〔清〕聖祖御製,《新校標點全唐詩(上、下)》,臺北:宏業書局,1982 年。

13. 〔清〕何文煥輯,《歷代詩話(上、下)》,北京:中華書局,1992 年。

(二)

1. Graham Hough 著,何欣譯,《文體與文體論》,台北:成文出版社,1979 年

2. 衛姆塞特、布魯克斯著,顏元叔譯,《西洋文學批評史》,台北:志文出版社,1987 年。

3. 韋勒克、華倫著,王夢鷗、許國衡譯,《文學論》,台北:志文出版社,1987 年

4. 《中國歷代文學論著精選 (上、中、下)》,台北:華正書局發行,1980 年。

5. 王國維著、周錫山編校,《王國維文學美學論著集》,吉林:北岳文藝出版社。

6. 王夢鷗著,《文學概論》,台北:藝文印書館,1964 年。

7. 王夢鷗著,《文藝論壇》,台北:學英文化事業公司,1984 年。

8. 朱耀偉編譯《當代西方文學理論》,台北:駱駝出版社,1992 年。

9. 松浦友久著,孫昌武、鄭天剛譯,《中國詩歌原理》,台北:洪葉文化 1993 年。

10. 周振甫著,《詩詞例話》,台北:長安出版社,1983 年。

11. 吳承學著,《中國古典文學風格學》,廣東:花城出版社,1993 年。

12. 姚一葦著,《藝術的奧秘》,台北:開明書店,1968 年。。

13. 柯慶明著,《現代中國文學批評述論》,台北:大安出版社,1992 年。

14. 曹淑娟著,《漢賦之寫物言志傳統》,台北:文津出版社,1987 年。

15. 張雙英等編譯,《當代文學理論》,台北:合森文化,1991 年。

16. 張夢機著,《古典詩的形式結構》,台北:尚友出版社,1981 年。

17. 黃永武著,《中國詩學》(設計篇、鑑賞篇),台北:巨流圖書公司,1976 年。

18. 黃永武著，《字句鍛鍊法》，台北：商務印書館，1969 年。

19. 黃維樑著，《中國詩學縱橫論》，台北：洪範書局，1986 年。

20. 曾永義著，《詩歌與戲曲》，台北：聯經出版社，1988 年。

21. 葛兆光著，《漢字的魔方》，香港：中華書局，1989 年。

22. 楊成鑒著，《中國詩詞風格研究》，台北：洪葉文化，1995 年。

23. 裴普賢著，《詩詞曲疊句欣賞研究》，台北：三民圖書，1977 年。

24. 劉若愚著，杜國清譯，《中國文學理論》，台北：聯經出版社，1981 年。

25. 蔡英俊主編，《意象的流變》，台北：聯經出版社，1982 年。

26. 蔡英俊著，《比興物色與情景交融》，台北：大安出版社，1990 年。

27. 謝雲飛著，《文學與音律》，台北：東大圖書公司，1978 年。

28. 顏崑陽著，《李商隱詩箋釋方法論》，台北：學生書局，1991 年。

29. 龔鵬程著，《文學批評的視野》，台北：大安出版社，1990 年。

30. 龔鵬程著，《詩史本色與妙悟》，台北：學生書局，1986 年。

三、語言研究與相關論著

（一）

1. 林尹著、林炯陽注譯，《中國聲韻學通論》，台北：黎民文化，1990 年。

2. 周德清著，《中原音韻》，台北：弘道文化，1972 年。

3. 許威漢著，《訓詁學導論》，上海：上海教育出版社，1987 年。

4. 陳新雄著，《中原音韻概要》，台北：學海出版社，1990 年。

5. 董同龢著，《漢語音韻學》，台北：文史哲出版社，1989 年。

（二）

1. 克爾·葛里高利、蘇珊·卡洛爾合著，徐家禎譯，《語言與情景》，北京：語文出版社，1988 年。

2. 李·湯普森著、黃宣範譯，《漢語語法》，台北：文鶴出版社，1983 年。

3. 索緒爾著，《通用語言學教程（中譯本）》，台北：弘文館，1985 年。

4. 恩斯特·卡西勒著、于曉等譯，《語言與神話》，台北：久大、桂冠聯合出版，1990 年。

5. 英·雷蒙德著，《語言學與文學》，台北：結構群，1989 年。。

6. 王力著,《中國語法理論(上、下)》,北京:中華書局,1955。

7. 王德春著,《修辭學探索》,北京:北京出版社,1983 年。

8. 方經民,《現代語言學方法論》,河南:河南人民出版社,1993 年。

9. 內蒙古大學漢語言文學系,《文學與語言論集》,內蒙古:內蒙古教育出版社,1992 年。

10. 申小龍著、袁曉圓主編,《中國語言的結構與人文精神》,北京:光明日報,1988 年。

11. 史存直著,《漢語詞彙史綱要》,上海:華東師範大學,1989 年。

12. 向新陽著,《文學語言引論》,武漢:武漢大學出版社,1992 年。

13. 伍謙光著,《語意學導論》,湖南:湖南教育,1988 年。

14. 西慎光正編,《語境研究論文集》,北京:北京語言學院,1992 年。

15. 何秀煌著,《語言的哲學》,台北:三民書局,1990 年。

16. 呂叔湘主編,《現代漢語八百詞》,香港:商務印書館,1983 年。

17. 呂叔湘著、江藍生補,《近代漢語指代詞》,上海:學林出版社,1985 年。

18. 孫錫信著,《漢語歷史語法要略》,上海:復旦大學出版社,1992 年。

19. 徐烈炯著,《語義學》,北京:語文出版社,1990 年。

20. 徐道鄰著,《語意學概要》,台北:友聯出版社,1980 年。

21. 郭錦桴著,《漢語與中國傳統文化》,北京:中國人民大學出版社,1993 年。

22. 許世瑛,《中國文法講話》,台北:開明書店,1966 年。

23. 范曉著,《漢語的短語》,北京:商務印書館,1991 年

24. 張世祿著,《古代漢語(上、下)》,台北:洪葉文化公司,1992 年。

25. 陳霞村著,《古代漢語虛詞類解》,山西:山西教育出版社,1992 年。。

26. 陸善采,《實用漢語語義學》,上海:學林出版社,1993 年。

27. 張永言著,《詞彙學簡論》,湖北:華中工學院,1982 年。

28. 許威漢著,《漢語詞彙學引論》,北京:商務印書館,1992 年

29. 陸志韋等著,《漢語的構詞法》,香港:中華書局,1975 年。。

30. 陳耀南著,《漢語邏輯學》,香港:波文書局,1977 年。。

31. 高名凱、石安石主編,《語言學概論》,北京:中華書局,1987 年。

32. 程湘清主編,《先秦漢語研究》,山東:山東教育出版社,1992 年。

33. 程湘清主編,《兩漢漢語研究》,山東:山東教育出版社,1992 年。

34. 程湘清主編，《魏晉南北朝漢語研究》，山東：山東教育出版社，1992年。

35. 程湘清主編，《隋唐五代漢語研究》，山東：山東教育出版社，1992年。

36. 程湘清主編，《宋元明漢語研究》，山東：山東教育出版社，1992年。

37. 黃六平著，《漢語文言語法綱要》，台北：漢京文化事業，1983年。

38. 黃宣範著，《語言哲學——意義與指涉理論的研究》，台北：文鶴出版社，1983年．

39. 湯廷池著，《國語變形語法研究——移位變形》，台北：學生書局，1977年。

40. 湯廷池著，《國語語法研究論集》，台北：學生書局，1979年。

41. 湯廷池著，《漢語詞法句法論集》，台北：學生書局，1988年。

42. 湯廷池著，《漢語詞法句法續集》，台北：學生書局，1989年。

43. 黃慶萱著，《修辭學》，台北：三民書局，1985年。

44. 程祥徽著，《語言風格初探》，台北：書林出版社，1991年。

45. 程祥徽、田小琳著，《現代漢語》，台北：書林出版社，1995年。

46. 楊樹達著，《詞詮》，上海：上海古籍出版社，1986年。

47. 楊愛民編著、吳福熙審訂，《文言虛詞類釋》，甘肅：甘肅教育出版社，1991年。

48. 趙世開，《現代語言學》，上海：知識出版社，1983年。

49. 趙元任著，《國語語法（中國話的文法)》，台北、學海出版社，1991年。

50. 趙元任、丁邦新譯，《中國話的文法》，香港、中文大學，1980年。

51. 趙天儀著，《美學與語言》，台北：三民書局，1986年。

52. 趙克勤著，《古代漢語詞匯學》，北京：商務印書館，1994年。

53. 華宏儀著，《漢語詞性修辭》，寧夏：寧夏人民出版社，1993年。

54. 鄧守信著，《漢語及物性關係的語意研究》，台北：學生書局，1984年。

55. 劉叔新著，《漢語描寫詞匯學》，河北：商務印書館，1990年。

56. 劉堅等著，《近代漢語虛詞研究》，北京：語文出版社，1992年。

57. 歐陽宜璋著，《碧巖集的語言風格研究》，台北：圓明出版社，1994年。

58. 黎運漢著，《漢語風格探索》，北京：商務印書館，1990年。

59. 黎運漢著，《現代漢語修辭學》，台北：書林出版社，1991 年。

60. 葉萌著，《古代漢語貌詞通釋》，山東：山東文藝出版社，1993 年。

61. 魏岫民著，《漢語詞序研究》，台北：唐山出版社，1992 年。

62. 謝國平，《語言學概論》，台北：三民書局，1985 年。

63. 蔣紹愚著，《古代漢語詞匯綱要》，北京：北京大學出版社，1992 年。

64. 繆錦安著，《漢語的語意結構和補語形式》，上海：上海外語教育出版社，1990 年。

65. 譚永祥著，《漢語修辭美學》，北京：北京語言文學出版社，1992 年。

四、工具書目

（一）詞學及相關文史哲

1. 文訊月刊編輯部，《文學術語辭典》，文訊月刊，6 期～30 期。

2. 林煥文主編，《詞學辭典》，成都：四川辭書出版社，1991 年。

3. 金啓華主編，《全宋詞典故考釋辭典》，吉林：吉林文史出版社，1991 年。

4. 馬興榮等編撰，《中國古代詩詞曲詞典》，江西：江西教育出版社，1987 年。

5. 梅運生主編，《中國歷代詩詞論專著提要》，北京：北京師範學院，1991 年。

6. 張相著，《詩詞曲語辭匯釋（上、下）》，台北：洪葉文化，1993 年。

7. 張惠民編，《宋代詞學資料匯編》，廣東：汕頭大學出版社，1993 年。

8. 潘慎主編，《詞律辭典》，山西：山西人民出版社，1991 年。

（二）語言學

1. R.R.K.哈特曼、F.C.斯托克著，黃長著等譯，《語言與語言學辭典》，上海：上海辭書出版社，1981 年

2. 三民書局出版社編，《大辭典》（上、中、下），臺北：三民書局，1985 年。

3. 《中國語言學大辭典》編委會，《中國語言學大辭典》，江西：江西教育出版，1991 年。

4. 成偉鈞、唐仲揚、向宏業主編，《修辭通鑒》，北京：中國青年出版社，1992 年。

5. 向光忠、李行健、劉松筠主編，《中華成語大辭典》，吉林：吉林文史出版社，1992 年。

6. 高樹藩編纂，《正中形音義綜合大辭典》，台北：正中書局，1993年。

7. 張北海主編，《遠東國語辭典》，台北：遠東圖書公司，1984年。

8. 張滌華等主編，《漢語語法修辭詞典》，安徽：安徽教育出版社，1988年。

貳、期刊論文

（一）學位論文

1. 林振瑩，《周邦彥詞韻考》，輔大中碩論文，1970年。

2. 金鐘培，《清真詞訂釋》，政大中碩論文，1976年。

3. 林慶姬，《元雜劇賓白語法研究》，政大中博論文，1986年。

4. 高莉芬撰，《元嘉詩人用典研究》，政大中博論文，1993年。

5. 崔瑞郁，《柳永與周邦彥》，臺大中碩論文，1976年。

6. 張秀容，《周姜詞比較研究》，東海大學中碩論文，1986年。

7. 黃美鈴，《唐代詩評中風格論之研究》，師大國碩論文，1981年。

8. 黃奕珍，《李益及其詩研究——符號學式之詮釋》，政大中碩論文，1993年。

9. 楊雪嬰撰，《李賀詩風格之構成與表現》，高師國碩論文，1990年。

10. 劉芳薇，《維摩詰所說經語言風格研究》，中正大學中碩論文，1995年。

11. 戴麗霜撰，《北宋以文為詩詩風形成原因及其風格之研究》，政大中碩論文，1991年。

（二）期刊或論文集單篇論著（凡收入上列論文集者，茲不贅錄）

1. 丁邦新，〈從聲韻學看文學〉，《中外文學》，4卷1期，1975年。

2. 王建元，〈中國文評詮釋模式中的比喻特性〉，《中外文學》，2卷1期。

3. 朱自力，〈周邦彥融詩入詞之特色〉，《中華學苑》，四十五期。

4. 李文郁，〈大晟府考略〉，《詞學季刊》，2卷2號，1935年1月。

5. 杜若，〈清真、夢窗詞〉，《臺肥月刊》，17卷1期，1976年1月。

6. 李昌集，劉樹華，〈論柳永和他的詞〉，《揚州師院學報》，1982年2期。

7. 李三榮，〈庾信小園賦第一段的音韻技巧〉，《聲韻論叢》第三輯，中華民國聲韻學學會、輔仁，大學中國文學系所主編，台北：學生書

局，1991 年。

8. 李三榮，〈秋聲賦的音韻成就〉，《聲韻論叢》第一輯，中華民國聲韻學學會、台灣，師範大學國文系所、高雄師範大學國文系所主編，台北：學生書局，1994 年。

9. 林文月，〈讀周邦彥詞〉，《文學雜誌》，3 卷 2 期，1957 年 10 日。

10. 陳美雲，〈一代詞宗周邦彥〉，《臺南師專學刊》，1 期，1979 年 4 月。

11. 龔鵬程，〈擁護新法的北宋詞人周邦彥〉，《國文天地》，4 卷 3 期，1988 年 8 月。

12. 林玫儀，〈論清眞詞中之寄託〉，《宋代文學與思想》，臺北：學生書局，1989 年 8 月。

13. 俞平伯，〈清眞詞淺釋〉，《國文月刊》，52 期，1947 年 2 月。

14. 俞平伯，〈周美成詞淺釋〉，《國文月刊》，56 期，1947 年 6 月。

15. 洪惟助，〈淺釋清眞詞九闋〉，《建設》，16 卷 12 期，1968 年 5 月。

16. 韋金滿，〈評歷代詞話論周美成詞之得失〉，《古典文學》(5)，臺北：學生書局，1983 年 12 月。

17. 袁行霈，〈以賦爲詞——試論清眞詞的藝術特色〉，〈中國詩歌藝術研究〉，臺北：五南圖書公司，1989 年 5 月。

18. 唐圭璋、潘君昭，〈有關周邦言詞的幾個問題〉，《詞學》8 輯，上海華東師範大學出版社，1989 年 4 月。

19. 袁行霈，〈拂水飄綿送行色——周邦彥的蘭陵王（柳）〉。

20. 梅祖麟，高友工著，黃宣範譯，〈唐詩的語意研究：隱喻與典故〉，《中外文學》，4 卷 7～9 期，1975 年。

21. 張漢良，〈語言與美學的匯通〉，《中外文學》，4 卷 3 期，1975 年。

22. 張高評，〈體物華妙見清眞——周邦彥「六醜詞」欣賞〉，《國文天地》，4 卷 1 期，1988 年 6 月。

23. 曹淑娟，〈宋詞之詩典運用之類型析論〉，《國立編譯館館刊》，第二十三卷，第二期。

24. 梅祖麟，高友工著，黃宣範譯，〈分析杜甫的「秋興」——試從語言結構入手作文學批評〉，《中外文學》，1 卷 6 期。

25. 馮放民，〈周邦彥〉，《中國文學史論集》(2)，臺北：中華文化出版事業委員會，1958 年 4 月。

26. 閔宗述，〈談清眞詞〉，《暢流》，18 卷 6 期，1958 年 11 月。

27. 傅試中，〈周姜詞異同之研究〉，《大陸雜誌》，31 卷 3～5 期，1965 年 8～9 月。

28. 黃宣範，〈從語義學看文學〉，《中外文學》，4 卷 1 期，1975 年。

29. 萬雲駿，〈清眞詞的藝術特徵〉，《詞學》1 輯，上海華東師範大學出版社，1981 年 11 月。

30. 萬雲駿，〈義兼必興，即花即人——周邦彥「六醜」賞析〉，《國文天地》，臺北：國文天地雜誌社，1989 年 4 月。

32. 傅試中，〈兩宋承先啓後之二詞人——清眞白石詞之比較與分析〉，《輔仁學誌》，11 期，1982 年 6 月。

33. 葉嘉瑩，〈從花間詞的女性特質看辛棄疾的豪放詞〉，《中華文哲研究通訊》，3 卷 2 期。

34. 程抱一，〈四行的内心世界〉，《中外文學》，2 卷 1 期。

35. 蔣哲倫，〈清眞、淮海詞風之異同〉，《詞學》7 輯，上海華東師範大學出版社，1989 年 2 月。

36. 鄭騫，〈論北曲之襯字與增字〉，《幼獅學誌》，11 卷 2 期。

37. 鄭騫，〈北曲格式之變化〉，《大陸雜誌》，1 卷 7 期。

38. 劉揚忠，〈清眞詞的藝術成就及特征〉，《文學遺產》，1982 年 3 期。

39. 龍沐勛，〈周清眞評傳〉，《南音》3 期，1930 年 7 月。

40. 龍沐勛，〈清眞詞敍論〉，《詞學季刊》，2 卷 4 號，1935 年 7 月。

41. 韓經太，〈清眞、白石詞的異同與兩宋詞風的遞變〉，《文學遺產》，1986 年 3 期。

42. 羅慷烈，〈擁護新法的北宋詞人周邦彥〉，《詞曲論稿》，臺北：木鐸出版社，1982 年 6 月。

43. 黃秋芳，〈舊歡——周邦彥玉樓春〉，《國文天地》，1 卷 3 期，1985 年 8 月。